15세

15세

초판 1쇄 2019년 1월 15일 | **초판 2쇄** 2020년 5월 11일

글쓴이 | 권태현
펴낸곳 | 도서출판 단비
펴낸이 | 김준연
편집 | 김성은
디자인 | 구민재page9
등록 | 2003년 3월 24일(제2012-000149호)
주소 | 경기도 고양시 일산서구 일중로 30, 505동 404호(일산동, 산들마을)
전화 | 02-322-0268
팩스 | 02-322-0271
전자우편 | rainwelcome@hanmail.net

ⓒ권태현, 2019

ISBN 979-11-6350-008-7 03810
      978-89-967987-4-3 (세트)

값 11,000원

이 도서는 한국출판문화산업진흥원의 출판콘텐츠 창작 자금 지원 사업의 일환으로
국민체육진흥기금을 지원받아 제작되었습니다.

단비 청소년 문학 42.195 22

15세

권태현 장편소설

단비
danbi

차례

이순원(소설가)

　20년 전《19세》라는 소설을 발표했다. 그 책은 세상에 나온 지 3년 만에 중학교 국어 국정교과서에 실리기 시작해 지금도 몇 군데 검정교과서에 실려 있다. 그러나 내 자신은《19세》소설 을 쓴 다음 그 책에 대해 한 가지 커다란 허전함을 가지고 있다.

　그것은 바로《19세》가 13세부터 19세까지의 성장기를 다룬 소설이라고 폭을 넓게 잡았지만, 실제로는 고등학교에 입학해 서 중간에 학교를 그만두고 대관령 고랭지 채소 농사를 짓다가 다시 학교로 돌아가는 19세까지의 이야기가 주를 이루고 있기 때문이다. 우리 인생에서 인격을 형성해 나가는 점에서나 외부 세계에 대한 자기 존재의 정체성을 고민하기 시작하는 참으로 중요한 시기가 15세이다. 이 무렵의 이야기를 뒷얘기에 밀려 그 냥 지나가는 삽화 몇 개로 처리하고 말아 정말 누군가 청소년

전문 작가에 의해 제대로 된 이 시절의 이야기가 나오기를 바라고 있었다.

나로서는 누구보다 오래 기다려 온 시간이었다. 그러나 더 늦지 않게 권태현 작가의 장편소설 《15세》가 나왔다. 사실 권태현 작가와 나는 같은 해에 문단에 나와 30년도 넘게 우정을 이어온 작가로 먼저 나온 내 소설 《19세》에 대해서도 그렇고 이 소설 《15세》에 대해서도 틈틈이 많은 이야기를 나누었다. 한편으로는 《19세》 소설의 짝을 이룰 소설 《15세》가 얼른 나올 수 있기를 이 친구 작가에게 재촉하기도 했다.

재촉하며 나는 이 소설은 청소년 시각으로도 어른 시각으로도 무조건 재미있어야 한다고 주문했다. 워낙 솜씨 좋은 작가라 그 부분은 완벽하게 화답한 것 같다. 이 소설의 장점은 무엇보다 재미 속에 가슴 찡한 감동이 있다는 점이다.

그다음 주문한 것은 이 소설이 그 시절을 보낸 어른들에게는 자신의 15세 시절에 대해 아름다운 추억을 불러일으키고, 지금 그 나이의 청소년들에게는 작품 속 주인공의 생각과 행동이 바로 자신의 모습처럼 공감할 수 있어야 하고, 또 하나의 롤 모델 친구처럼 대견한 모습이어야 한다는 것이었다. 꼭 해피엔딩의 결말 때문만이 아니라 이 부분도 작가가 사려 깊게 천착하여 그려 냈다. 친구 작가로서뿐 아니라 독자로서도 고마운 마음이 든다.

소설 속의 15세 소년은 반항기 가득한 문제 소년의 모습일 때도 있고, 또 어느 때엔 어른 세계에 아슬아슬한 매혹을 느끼기도 한다. 그것이 바로 요즘 흔히 말하는 '중2 소년'의 위태로움과 건강함이 아니겠는가.

자, 소년아.

이제 네 앞에는 더 넓고, 더 멋지고 아름다운 세상이 펼쳐져 있다. 그 세상은 이미 오래 전부터 너를 기다려 왔단다. 이제 책 속에서 나와 더 넓은 세상의 친구들에게 다가가 바로 지금 너의 이야기를 하렴!

그리고 더 우뚝하고 건강한 모습으로 미래에 우리 다시 만나자.

나는 20년 전 너보다 먼저 이 세상에 나와 오래도록 너를 기다리고 있던 《19세》의 형이란다. 함께 저 아름다운 세상 속으로 걸어가자.

열다섯, 눈치를 볼 줄
알아야 하는 나이

열다섯 살은 인생을 알 만한 나이는 아니지만, 눈치를 볼 줄 알아야 하는 나이다. 이건 내 생각이 아니라 새엄마가 나를 윽박지르며 강요하는 사항이다. 그러나 나는 눈치를 보지 않는다. 오히려 비웃거나 대들면서 내 멋대로 행동한다. 열네 살 때까지는 생각도 못 해 본 일이다. 나의 이러한 변화에 새엄마는 거의 정신줄을 놓을 정도로 흥분한다.

"분수를 모르고 꼴값 떠는 놈!"

새엄마 입에서 이 말이 계속 튀어나오는 이유는 일종의 당혹감 때문일 것이다. 열네 살 때까지 찍소리도 못 하고 있던 내가 어느 날 고개를 꼿꼿이 쳐들었으니.

그렇다고 열네 살 때까지 내가 무조건 죽어지냈다는 말은 아니다. 새엄마 눈에는 그렇게 보였을지 몰라도 난 그저 난처한 상황을 적당히 피했을 뿐이다. 비록 어린 나이였지만 비슷한 일을 반복해서 겪다 보니 나름 요령이 생긴 것이다. 무섭고 살벌한 정글에서도 작은 동물들이 잘 살아남지 않는가. 새엄마가 아무리 포악을 떨어도 나는 내가 숨을 곳을 제법 잘 찾았다고 할 수 있다.

그러나 열다섯 살이 되자 변화가 찾아왔다. 내가 왜 계속 피하고 죽어지내야 하지? 이런 생각이 들기 시작했던 것이다. 나는 착한 아이는 아니지만, 누가 건드리지 않으면 먼저 성질을 부리지 않는다. 나를 가장 많이 건드리는 사람이 새엄마였다.

새엄마가 우리 집에 들어온 건 내가 일곱 살, 여동생 영희가 다섯 살 때였다. 우리를 낳아 주신 친엄마는 내가 다섯 살 때 돌아가셨다. 우리는 고모 손에 크다가 아빠가 새엄마와 재혼을 하면서 낯선 여자를 엄마라고 불러야 했다. 새엄마가 데려온 세 살 많은 철수는 형이라 부르라고 시켰다. 처음에는 어리둥절한 상황이 어정쩡하게 넘어갔다. 하지만 곧 삐걱거리기 시작했다. 철수와 우리 남매의 현저한 차이가 그 시작이었다. 철수는 3학년이었지만 한글을 제대로 몰랐다. 나와 여동생은 책도 잘 읽었고 삐뚤빼뚤하지만 글씨도 잘 썼다. 철수가 빈칸 채우기 문제를 틀리면 우리가 가르쳐 주곤 했다. 그럴 때마다 새엄마는 철수를 쥐어박았고, 우리 남매에게는 신경질을 부렸다.

그때부터 영희는 눈치를 볼 줄 알았다. 나는 영희가 옆구리를 찔러 대는데도 눈치 없는 행동을 계속했다. 내가 열다섯 살이 되자 새엄마는 나를 못 잡아먹어서 안달이 난 사람처럼 굴었다. 몽둥이를 드는 횟수도 늘었다. 평소에도 눈치를 보지 않는 나는 매를 맞으면서도 그랬다. 어디 때릴 테면 때려 봐라, 하는 식으로 매를 견딘다. 그렇게 맞다 보니 몸에 멍이 가실 날이 없다. 맞을 때 욕설도 함께 듣기 때문에 마음속에도 멍이 잔뜩 들었을 것이다. 새엄마는 힘이 달려서 더 이상 나를 때릴 수 없을 때야 겨우 매질을 멈춘다.

그럴 때 나를 걱정해 주는 사람은 영희밖에 없다.

"오빠 왜 그렇게 바보 같아? 그냥 잘못했다고 하면 되잖아. 그러면 이렇게 심하게 맞진 않을 거 아냐!"

매는 주로 내가 맞는데 늘 영희가 찔끔거리며 눈물을 흘린다. 나는 번번이 괜찮다고 하며 여동생을 안심시킨다. 그런데 이 장면을 들키면 안 된다. 눈엣가시 같은 남매가 한편이 되어 속삭이는 걸 보면 새엄마는 심기가 불편해져서 잘못한 것이 없는 여동생한테까지 매질을 하기 때문이다.

영희가 눈물을 흘리면서 안타까워할 때마다 내 마음이 조금씩 흔들린다. 여동생을 위해서 그냥 눈 질끈 감고 새엄마한테 굽히고 들어가야겠다고 마음먹을 때도 있다. 하지만 막상 새엄마와 마주치면 그렇게 되지 않는다. 새엄마는 내가 무슨 행동을 하든 사사건건 꼬투리를 잡는다. 내가 반응을 보이지 않으면 점점 더 심하게 긁어 댄다. 결국 나는 더 참을 수 없는 상태가 되고, 입속에서 맴돌던 말을 토하듯 내뱉고 만다.

"날 좀 건드리지 말라고요, 제발!"

내 친구 깡통의 기준에 따르면, 열다섯 살은 여자에 대해 기본적인 것들을 알고 있어야 하는 나이다. 기본적인 것이 무엇인지는 깡통도 분명하게 말하지 못한다. 그러나 그는 자신이 알고 있는 것들이 기본에 해당한다고 막연히 믿고 있다. 친구들이 깡통을 신뢰하는 것은 아니지만, 그래도 많은 아이들이 깡통 주위를 에워싸며 여자에 대해서 묻는다. 아이들의 물음에 깡통은 열을 올리며 대답해 준다. 그 말이 맞는다는 보장은 없다. 하지만 아이들은 흥분과 감동이 범벅된 얼굴로 깡통의 말에 귀를 기울인다.

"여자를 꼬시려면 무조건 관심이 있는 척해야 돼. 그런데 그 여자애 몸에 관심이 있는 것처럼 보이면 안 돼. 여자 몸에는 전혀 관심이 없고 오로지 그 애, 그러니까 너희들이 꼬시고 싶은 여자애한테만 관심이 있다고 느끼게 해야 돼."

깡통이 이렇게 말했을 때 한 아이가 궁금해서 견딜 수 없다는 표정으로 물었다.

"그 애 몸에 관심이 없는 척하고, 그 애한테 관심이 있다고 느끼게 한다는 게 도대체 무슨 말이야?"

"그러니까 그게 무슨 말이냐 하면…… 여자애 손을 잡고 싶거나 가슴을 만지고 싶어도, 또 브래지어 안쪽 혹은 치마 속을 들여다보고 싶어도 절대로 그런 내색을 하면 안 된다는 거야. 그런 것에는 전혀 관심 없고 오로지 그 여자애의 생각이나 성격, 취미 같은 것들에 관심이 있는 것처럼 보여야 한단 말이야."

"아, 그러니까 우리가 정말 관심 있는 건 관심 없는 척하고, 우리가 별로 관심 없는 건 관심이 많은 척해야 한다는 거지?"

"그렇지, 바로 그거야. 생각을 그렇게 뒤집어서 행동하면 돼."

깡통은 어쩌면 진짜 깡통이 아닐지도 모른다. 원래 머리는 좋은데 학교 공부에만 흥미가 없어서 깡통 취급을 당하고 있을 수도 있다.

깡통이 인기가 있는 또 다른 이유는 벌거벗은 여자 사진과 야한 소설을 많이 갖고 있기 때문이다. 어디서 그 많은 것들을 구해 오는지 가방 안에 늘 가득 담고 다닌다. 친구들은 깡통한테서 그것들을 빌려 보기 위해 순서를 정해서 기다린다. 순서를 너무 오래 기다려야 하는 아이들은 안달을 하면서 빌린 곳을 알려 달라고 조르기도 한다. 하지만 깡통은 절대로 말하지 않는다.

아이들이 깡통한테서 빌려 보는 사진과 글은 대부분 비슷비슷한 것들이다. 깡통이 가장 먼저 나한테 보여 주기 때문에 나는 훤히 다 알고 있다. 내가 열심히 보다가 어느 날 시큰둥한 반응을 보이면 살짝 긴장한 깡통은 더 자극적인 것들을 구해 온다. 여자가 다리를 벌리고 있는 사진이나 남녀가 함께 뒤엉킨 사진을 구해 오는 날이면 교실 전체가 뒤집어진다.

그런 노력을 아끼지 않는 깡통에게 어느 날 내가 정색을 하고 물었다.

"너, 이런 거 갖고 오면 아이들이 좋아하니까 일부러 구해 오는 거지?"

"당연하지."

"그럼 혹시 이런 거 빌릴 때 넌 돈 내고 빌리고 아이들한테는 공짜로 빌려주는 거야?"

"당연하지."

아무래도 깡통은 진짜 깡통인 것 같다.

담임 선생님에게 열다섯 살은 무조건 공부를 열심히 해야 하는 나이다. 틈만 나면 공부를 하는 데 있어서 열다섯 살이 얼마나 중요한지를 강조한다. 그러나 반 아이들은 그 말을 귀담아듣지 않는다. 공부를 열심히 해야 하는 나이가 따로 있다고 생각하지도 않고, 공부라는 말 자체를 너무나 지겨워하기 때문이다.

사람은 누구나 상대가 자신의 말에 귀를 기울이지 않는 것 같으면 더 열을 올리며 말하기 마련이다. 담임도 마찬가지다.

"대한민국에서 대우받고 살려면 일단 공부를 잘해야 돼. 그런데 공부에 흥미를 잃지 않고 계속 매진할 수 있느냐 그렇지 않느냐는 중학교 2학년 때 결정이 나거든. 중학교 2학년 때 열심히 공부해서 공부하는 습관이 몸에 배면 대학 때까지 계속 공부를 잘할 수 있어. 그렇지만 중학교 2학년 때 공부를 놓치면 그때부터 평생 고생길로 들어서는 거야."

아이들은 담임이 공부 이야기를 하면 더 심하게 떠들어 댄다. 그러면 선생님의 목소리는 더 커진다.

"지금은 너희들이 뭘 몰라서 아까운 시간 그냥 흘려보내고 있는 건데, 공부 못하는 선배들 붙들고 물어봐. 언제 공부를 놓쳤는지. 거의 대부분이 중학교 2학년 때라고 할 거야. 1학년 때는 중학교에 입학해서 어떻게 적응해야 할지 몰라서 어영부영 보내고, 3학년 때는 어쨌든 고등학교에는 가야 하니까 다들 자신이 하던 방식대로 무턱대고 공부하는 거야. 그런데 2학년 때 공부하는 습관이 붙으면 그다음부터는 공부가 훨씬 덜 지겨워져. 그러니까 올해가 너무너무 중요하다 이 말이야."

어쩌면 담임의 말이 맞는지도 모른다. 하지만 아무리 그 말이 대단한 진리라고 해도 아이들의 관심을 끌지 못했다. 열다섯 살 사내아이들은 그런 말로 설득을 할 수 있는 수준이 안 되었다. 선생님 말이 지겨워진 아이들은 엉뚱한 말로 분위기를 흐려 놓곤 했다.

"선생님, 작년에는 다른 선생님들이 1학년이 제일 중요하다고 그랬어요."

"저는 지금 공부 안 하고 나중에 고생 좀 할래요. 고생을 알아야 인생이 보람 있는 거래요."

"공부 말고 선생님 첫사랑 얘기 좀 해 주세요."

한 아이가 나서면 다른 아이가 거들고, 뒤이어 한꺼번에 여러 명이 떠들어 대서 교실은 삽시간에 아수라장이 된다. 더구나 담임은 아직 결혼도 하지 않은 여자 교사다. 사내아이들이 우르르 들고일어나면 감당이 안 된다. 그래서 조회 시간과 종례 시간은 늘 소란스럽다.

담임이 날마다 간곡하게 말했는데도 불구하고 첫 번째 시험에서 우리 반은 전체 학급에서 꼴찌를 하고 말았다. 성적이 발표되는 날 담임은 흥분을 감추지 못했고, 특단의 조치를 내렸다.

"오늘부터 방과 후 자율학습을 실시한다!"

아이들은 맹렬하게 저항했다. 담임이 구해 온 몽둥이를 보고 나서야 모두 입을 다물었다. 그날부터 우리 반 아이들은 불평을 늘어놓으며 야간 자율학습에 들어갔고, 선생님의 별명은 마귀 할멈으로 바뀌었다.

　학교 근처 만화방 아저씨는 열다섯 살을 결코 어린 나이로 보지 않는다. 그래서 아이들에게 술도 팔고 담배도 판다.
　물론 만화방을 찾는 모든 아이들에게 다 담배와 술을 파는 건 아니다. 평범한 아이들에게는 라면과 빵, 과자 같은 것을 팔았다. 만일 그곳에서 술이나 담배를 찾으면 만화방 아저씨는 차갑게 말했다.
　"그런 거 찾으려거든 나가."
　아저씨의 목소리가 워낙 단호했기 때문에 대부분의 아이들은 바로 기가 죽었다. 가끔 거부당하는 걸 싫어하는 아이들이 건들거리며 말을 듣지 않을 때도 있다.
　"아저씨, 좀 줘요. 척 보면 알잖아요. 앞으로 자주 올게요."
　"좋은 말로 할 때 조용히 나가."
　"아이 씨, 다 알고 왔는데 왜 안 주는 거야."
　그때 만화방 안에 있던 아이들은 놀란 눈으로 건들거리는 아이들을 쳐다봤다. 아저씨 혼자 힘으로는 덩치가 좋은 여러 명의 아이들을 감당할 수 없을 것 같았다. 하지만 아저씨는 눈도 꿈쩍하지 않았다. 아저씨는 오른손을 뻗더니 제일 덩치가 큰 아이의 목덜미를 움켜잡았다. 곧이어 컥 소리가 나더니 그 아이는 아저씨의 손에 목덜미가 잡힌 채로 조용히 만화방을 나갔다. 그 광경을 바로 옆에서 바라본 다른 아이들도 조용히 그 뒤를 따라 나갔다. 우연히 그 상황을 본 나는 만화방에 대한 소문이 헛소문이라고 믿었다. 그러나 그 후 2학년 짱인 송곳을 따라 다시 그곳을 찾았을 때 나는 입을 다물 수가 없었다.

담배와 술이 필요한 아이들은 만화를 진열해 놓은 만화방을 거쳐 안쪽으로 연결된 문을 이용하고 있었다. 그 문으로는 아무나 출입할 수 없었다. 이미 오랫동안 드나들면서 아저씨한테 눈도장을 찍은 단골들만 출입이 가능했다. 또 새로운 아이가 그 문 안으로 들어가기 위해서는 단골이 함께 동행해야 했다.

송곳이 나를 데리고 들어가려고 하자 만화방 안쪽으로 연결되는 문 앞에 앉아 있던 아저씨가 경계의 눈초리로 우리 둘을 훑어봤다. 송곳은 눈을 끔뻑거리며 괜찮다는 시늉을 해 보였다. 우리가 문 안쪽으로 들어섰고 아저씨가 뒤따라 들어왔다. 좁은 통로를 따라 조금 더 들어가자 문이 하나 더 나왔다. 그 문 안쪽에 술을 마시고 담배를 피울 수 있는 공간이 있었다.

아이들 예닐곱 명이 둘러앉아 담배를 피우며 소주를 마시고 있는 광경이 눈에 들어왔다. 그중 두 명은 여학생이었다. 그들 외에도 몇 명의 아이들이 만화책을 들고 여기저기 흩어져 앉아 있었다. 낯이 익은 우리 학교 아이도 있었다. 만화를 보며 담배를 피우고 있던 아이 하나가 나를 보더니 놀란 목소리로 말했다.

"어, 전교 부회장도 이런 델 오냐?"

아이들이 일제히 나를 쳐다보았다. 송곳에게 담배를 내밀던 아저씨의 눈초리가 갑자기 싸늘해졌다.

"괜찮아요. 얜 막힌 애 아니에요."

송곳이 집게손가락으로 머리를 가리키며 말했다. 아저씨는 여전히 못마땅한 표정을 지으며 한참동안 나를 뜯어보았다.

"얜 몇 살이냐?"

"저랑 같죠. 열다섯이에요."

송곳이 대답하면서 동의를 구하듯 나를 보았다. 나는 아저씨가 알아볼 수 있게 고개를 크게 끄덕였다. 그때서야 아저씨는 손에 들고 있던 담배를 송곳에게 건네주고 만화방 쪽으로 나갔다.

"저 아저씨도 열다섯 살 때부터 담배 피우고 술 마시고 그랬대. 자기도 그랬는데 지금 뭐 문제 있냐는 거야."

송곳은 으쓱대면서 말했다.

그 뒤에도 나는 만화방에 몇 번 더 드나들었다. 술과 담배는 하지 않았지만 나도 모르게 어깨에 힘이 들어가곤 했다.

여자 친구 명숙에게 열다섯 살짜리 남자친구는 끊임없이 자신에게 관심을 가져 주어야 하는 대상이다.

열네 살 때 알게 된 명숙은 열다섯이 되자 예전보다 다르게 보이기 위해 애를 썼다. 가장 큰 변화가 요란하게 멋을 내기 시작했다는 것이다. 사실 열다섯 살 여자아이는 멋을 내 봤자 별로 표도 나지 않는다. 그런데도 명숙은 바르고 꾸미고 온갖 치장을 다 하고 나타나서 법석을 떨었다. 그럴 때마다 나는 몹시 피곤했다.

"어때, 이 옷 예쁘지? 아무래도 나는 줄무늬 있는 옷이 잘 어울리는 것 같아, 그렇지?"

명숙의 말에 나는 무조건 맞장구를 쳐 주어야 한다. 그렇게 하지 않으면 바로 공격을 당한다. 처음에 나는 멋모르고 반대 의견을 말한 적이 있었다.

"아냐, 전혀 안 어울리는데."

"네 눈에는 그렇게 보이니? 너 정말 미적 감각이 없구나. 하긴 너처럼 뭘 모르는 애한테 물어보는 내가 바보지. 아니, 아무리 뭘 몰라도 그렇지, 어떻게 안 어울린다고 할 수가 있니?"

이렇게 나오면 나는 갑자기 말을 바꿔서 억지로라도 잘 어울린다고 할 수밖에 없다. 그런데 문제는 명숙이 항상 줄무늬 옷만 입는 게 아니라는 데 있다. 부잣집 딸인 명숙은 툭하면 새 옷을 사 입었는데, 스타일이 조금씩 달랐다. 명숙은 새 옷을 은근

히 자랑하면서 그 옷이 자신에게 얼마나 잘 어울리는지를 알고
싶어 한다. 그때마다 나는 곤혹스럽다.

한번은 약속 장소에 늦게 나온 명숙이 화가 잔뜩 난 표정을 지
었다. 하도 변덕이 죽 끓듯 하는 애라 나는 신경도 쓰지 않았다.
내가 아무 말 하지 않자 명숙이 먼저 입을 열었다.

"나, 머리 자른 거…… 이상하지?"

그 말을 듣기 전까지 나는 명숙이 머리를 잘랐다는 사실조차
느끼지 못했다. 그 말을 듣고 나서 자세히 보니 자른 흔적이 눈
에 띄었다. 처음에는 별로 이상하다는 생각도 들지 않았다. 하
지만 명숙이가 계속 짜증을 내니까 어색한 것처럼 보였다. 나
는 뭐라고 대답해야 좋을지 몰라서 멀뚱멀뚱 쳐다보기만 했다.
내가 대꾸를 하지 않으니까 명숙이가 다그치듯이 다시 물었다.

"아, 정말 속상해 죽겠어. 어떻게 사람 머릴 이렇게 잘라 놓을
수가 있냐? 나, 정말 이상하지? 너무 이상하지, 그치?"

그 순간 나는 무슨 말이든 해야 한다는 부담을 느꼈다. 그리
고 그 말이 명숙의 마음에 들어야 한다는 심리적 압박도 함께
느꼈다. 그때 마침 머릿속에 번쩍 떠오르는 표현이 있어서 목에
힘을 주며 말했다.

"응. 못 봐 주겠다."

내 말이 떨어지기가 무섭게 명숙의 얼굴은 구겨진 휴지처럼

일그러졌다. 뒤이어 내가 미처 무슨 말을 더 하기도 전에 발딱 일어나서 뛰쳐나갔다. 놀란 내가 달려 나가며 붙잡았지만 명숙은 내 손을 확 뿌리쳤다.

"다시는 연락하지 마, 이 나쁜 놈아."

그 후 나는 한동안 명숙을 만나지 못했다. 분명히 자기 입으로 이상하지 않느냐고 물었기 때문에 그렇게 대답한 건데 또 초점이 빗나간 것이다.

그리고 명숙은 우리가 함께 만나고 있을 때가 아니어도 내가 늘 자기한테 관심을 갖고 있어야 한다고 생각한다. 자기가 무엇을 하고 있는지, 어떤 고민을 하고 있는지, 심지어 무엇을 할 계획인지도 궁금해해야 된다고 믿고 있다. 또한 그런 궁금증을 풀기 위해 수시로 전화해 주기를 바란다.

하지만 난 그렇게 하지 않았다. 안달이 날 정도로 궁금한 것도 아니었고, 때 맞춰 전화를 거는 일이 어색하고 불편하기도 했다. 명숙은 내가 전화를 하지 않으면 자기가 전화를 걸어서 따지듯 묻는다.

"그날 내가 잘 들어갔는지 걱정도 안 돼?"

"집에 일이 있다고 말했는데 그 일이 잘 해결됐는지 궁금하지도 않아?"

"우리 오늘 만나기로 했잖아. 약속 안 까먹었는지 확인 인해?"

나는 몹시 피곤했다. 헤어져야겠다는 생각이 들 때도 있다. 내가 참지 못하고 짜증을 내면 곧 싸움이 벌어졌다. 우리는 자주 싸웠다. 열다섯 살이 되고 난 뒤 싸우는 횟수가 더 많아졌다. 우리는 마치 싸우려고 만나는 사이 같았다.

열세 살짜리 여동생 영희에게는 열다섯 살인 내가 자기보다 더 어리게 느껴지는 모양이다. 툭하면 나에게 이래라저래라 잔소리를 늘어놓는다. 새엄마의 잔소리에 신물이 난 나는 여동생의 잔소리도 듣기 싫었다. 그래서 화를 내며 소리를 지를 때가 많다. 그러면 여동생은 자신의 무기로 내 입을 막아 버린다.

영희의 무기는 수시로 흘리는 눈물이다. 나는 영희처럼 눈물을 잘 흘리는 사람을 본 적이 없다. 아주 어렸을 때부터 영희는 너무나 잘 울었다. 얼마나 자주 우는지 온 동네가 다 알 정도였다.

새엄마는 영희가 울 때마다 히스테리에 가까운 반응을 보인다.

"야, 이년아. 누가 죽었냐? 안 그래도 재수 없는 집구석에서 왜 자꾸 울어."

새엄마가 잡아먹을 듯이 으르렁거리면 영희의 눈에서는 더 많은 눈물이 쏟아졌다. 그러면 새엄마는 눈에 띄는 아무 물건이나 집어 들어서 영희를 후려쳤다. 그 때문에 영희는 자지러지게 울음을 터뜨렸고 그걸 본 새엄마는 또 발작을 하는 것처럼 날뛰었다.

자라면서 우는 횟수가 좀 줄긴 했지만 영희는 열세 살이 돼서도 여전히 잘 울었다. 하지만 새엄마가 발광을 하는 일은 많이 줄어들었다. 예전에는 때와 장소를 가리지 않고 울던 영희가 이제는 새엄마 눈에 띄지 않는 곳을 제법 잘 찾아냈던 것이다.

영희가 우는 걸 들키면 어떤 일이 일어나는지 잘 알기 때문에 나는 여동생을 울리지 않으려고 애를 쓴다. 화를 내다가도 여동생의 눈물을 보는 순간 얼른 입을 다물어 버린다. 자신의 눈물 앞에서 내가 어떤 반응을 보이는지를 잘 알고 있는 영희는 마음껏 잔소리를 늘어놓는다.

여동생의 잔소리는 엿가락 늘어지듯 척척 늘어지지만 한마디로 요약하면 다음과 같다.

"오빠, 제발 좀 가만히 있어!"

영희는 애가 타서 잔소리를 늘어놓지만 나는 그 말을 듣지 않는다. 특히 새엄마와의 충돌에서는 더더욱 가만 있지 못했다. 이런 현상은 열다섯 살이 되면서 더 심해졌는데, 열 받아서 본격적으로 흥분하기 시작하면 나 스스로도 통제가 잘 되지 않았다.

내가 흥분하면 새엄마는 더 과격해진다. 새엄마가 과격해지면 나는 더 흥분한다. 나도 모르는 사이에 새엄마를 닮아가고 있었다. 새엄마가 보이는 발작에 가까운 히스테리를 내가 그대로 따라했던 것이다. 그 사실을 깨닫고 나자 새엄마를 더 증오하게 되었다. 내 모습을 보고 새엄마도 나와 같은 생각을 하고 있을지도 모른다. 내가 흥분하면 새엄마가 더 미친 듯이 날뛰며 몽둥이를 휘두르니까.

새엄마와 부딪혀서 늘씬하게 얻어터지고 나면 영희가 눈물을 찔끔거리며 나타난다. 영희의 손에는 몰래 가져온 연고와 파스 같은 것들이 들려져 있다. 나는 싫다고 뿌리치지만 영희는 억지로 나를 잡아끌어 약을 발라 주었다. 그러곤 또 잔소리를 늘어놓았다.

"오빠 정말 바보야? 그냥 피해 버리면 되는데 왜 대들어서 이렇게 맞아? 제발 내 말 좀 들어, 오빠."

걱정을 하면서 잔소리를 늘어놓는 영희를 바라보다가 문득 정말 여동생이 나보다 속이 더 깊을지도 모른다는 생각을 한다. 하지만 나는 여동생의 말대로 조용히 지낼 수가 없다. 열다섯 살이 되고 난 다음부터는 더 그렇다.

새엄마, 깡통, 담임 선생님, 송곳, 만화방 아저씨, 명숙이, 여동생 영희……. 열다섯 살의 내 주위를 에워싸고 있던 사람들이다. 그들은 나에게 적지 않은 영향을 미쳤다. 그들 때문에 나는 생각지도 못했던 일을 겪기도 했다. 그들 때문에 따뜻한 위로가 되는 순간도 있었지만, 열다섯 살의 나는 대체로 힘들고 고통스러웠다.

주어진 환경이 감당할 수 없을 정도로 힘들 때 흔히들 도망을 생각하는데, 나 역시 마찬가지였다. 열다섯 살이 되고 얼마 지나지 않아서 나는 가출을 결심했다. 그리고 가출을 해서 어떻게 살아야 할지 구체적으로 생각하기 시작했다.

마음에
흙바람이 불다

내가 열다섯 살 때 처음 겪은 큰 사건은 새엄마의 아들인 철수가 고등학교에 입학한 일이었다. 그 일을 사건이라고 하면 누구나 고개를 갸우뚱했다. 심지어는 별 생각 없이 사는 깡통조차도 이해할 수 없다는 표정을 지으며 물었다.

"너희 형이 고등학교에 들어간 거랑 너랑 무슨 상관이 있는데?"

"들어간 데가 대문고등학교거든."

"대문고등학교? 거긴 제일 후진 학곤데 왜 너희 형이 거길 가?"

"성적이 약분하면 1에 가까웠단 말야."

"성적이 약분하면 1에 가까워? 도대체 그게 무슨 말이야?"

내 대답에 깡통은 눈알을 굴리면서 다시 물었다. 깡통이 눈알을 굴리는 것은 무식이 탄로날까 봐 불안해하는 행동이었다.

"한 반이 50명이면 거기서 늘 48등이나 49등을 하는 거야. 물론 50등을 할 때도 있고. 그런데 50/50은 1이잖아. 그러니까 약분하면 1에 가깝다는 거지."

"아하, 그러니까 너희 형이 중학교 때 늘 꼴찌를 하다가 꼴통들이 가는 고등학교에 들어간 거구나."

"맞아. 그렇게 바로 아는 걸 보니 너 완전 깡통은 아니구나. 앞으로 강통이라고 불러 줄게."

내 말에 깡통은 겸연쩍은 듯이 웃었다. 그 모습이 너무나 귀여워서 귀라도 잡아당기고 싶었다. 깡통은 내 칭찬에 기분이 좋아져서 낄낄대며 웃다가 생각지도 못했던 질문을 던졌다.

"넌 공부도 잘하고 전교 부회장도 맡고 있는데, 너희 형은 완전 돌빡이잖아. 도대체 왜 그런 거냐?"

나는 당황했다. 그때까지 나는 새엄마에 대해 아무에게도 말하지 않았었다. 집안 사정을 드러내는 것도 싫었지만 쓸데없는 오해를 받는 것도 싫었다.

아이들은 집에서 혼이 나거나 엄마와 갈등이 생기면 입버릇처럼 말했다. 자기 엄마가 친엄마 아닌 것 같다고. 자신은 잘못한 게 없는데 친엄마가 아니어서 그렇게 못살게 구는 거라고. 나는 같은 부류로 취급받고 싶지 않았다. 하지만 깡통이 딘진 질문을 피해 갈 수가 없었다.

나는 사실대로 말했다. 최대한 요약해서. 다른 애들한테 말하지 말라는 당부도 덧붙였다. 다 듣고 난 깡통은 미간에 힘을 주면서 말했다.

"너희 새엄마, 속에서 열불이 나겠다. 자기 자식은 제일 후진 고등학교에 들어갔는데, 너는 공부만 잘하는 게 아니라 글쓰기 상도 많이 받아 오고 그러니까……."

깡통이 아는 걸 내가 모를 리 없다. 새엄마의 눈매는 예전보다 더 가늘어져 있었다. 눈동자도 가운데 있을 때보다 눈 가장자리에 있을 때가 더 많았다. 그 눈이 나와 내 여동생을 볼 때는 더 가늘어졌다. 나도 성적이 좋은 편이었지만 여동생 영희는 나보다 더 뛰어났다. 우리 집에서 철수만 성적이 바닥을 기었다. 새엄마는 그 사실을 제일 견디기 힘들어하는 것 같았다.

"친척들이 물으면 철수가 몸이 좀 아파서 집 가까운 학교에 들어간 거라고 해."

철수의 입학이 결정된 날, 새엄마는 나와 내 여동생을 향해 쏘아붙이듯이 말했다. 나와 영희가 말실수라도 할까 봐 새엄마는 몇 번이고 다짐을 받았다. 하지만 친척들은 아무도 왜 철수가 그 학교에 갔느냐고 묻지 않았다. 대신 이렇게 말했다.

"철수는 머리가 영 없는 모양이구나. 영호와 영희 반만 따라가도 좋을 텐데……."

친척들은 물론 그 말을 나와 여동생 앞에서만 했다. 우리는 그 말을 못 들은 척했다. 그런 사실도 모르고 새엄마는 친척들 앞에서 호들갑을 떨었다.

"아유, 우리 철수가 몸만 약하지 않았으면 제일 좋은 고등학교에 갔을 거예요. 몸이 불편하니까 집에서 가까운 데로 보낸 거죠. 하여간 공부 아무리 잘해도 소용없어요. 몸 건강한 게 최고예요."

새엄마의 말에 친척들은 시선을 어디다 둘지 몰라서 허둥대다가 어색하게 다른 곳을 쳐다보았다. 어린 내가 봐도 친척들이 난처해하는 것이 빤히 보이는데, 새엄마는 말도 안 되는 거짓말을 계속 늘어놓았다.

그러던 어느 날, 새엄마가 그런 말을 더 이상 하지 못하게 된 사건이 벌어졌다.

"거 말도 안 되는 소리 하지도 말게. 그냥 공부 못해서 그 학교 갔다고 하고, 지금부터라도 제대로 공부를 시키게. 애들 보기 민망하지도 않은가."

고모의 말에 새엄마는 얼굴이 새빨개졌다. 얼굴뿐만 아니라 귀까지 빨갛게 달아올랐다. 그 자리에 여동생과 내가 함께 있었다. 새엄마가 우리를 보고 민망해했는지는 알 수 없지만, 당황한 것만은 분명했다. 그 순간 너무 고소해서 나도 모르게 히죽 웃고 말았다. 여동생이 잡아당기는 바람에 자리에서 일어나긴 했지만 나는 새엄마가 난처해하는 모습을 더 보고 싶었다.

여동생과 내가 자리를 피하자 고모는 작정한 사람처럼 새엄마를 공격하기 시작했다. 우리가 자리를 피했다고는 해도 어차피 좁은 집 안이었다. 귀를 조금만 기울이면 고모의 음성을 충분히 들을 수 있었다.

"말 나온 김에 내가 한마디 더 하겠는데, 자네 너무 철수를 싸고도는 것 같아. 애들을 다 같이 잘 키울 생각을 해야지 한 아이만 싸고돌면 애들 다 버리게 돼 있어. 철수는 지가 특별한 줄 알고 버릇 나빠지고, 영호와 영희는 상대적 박탈감 때문에 반항심이 커질 수밖에 없는 거야. 지금이야 애들이 어려서 별일 없이 지나가는 것 같지만 계속 차별한다는 생각을 갖게 되면 심성이 삐뚤어질 수도 있어."

나는 고모의 말에 전적으로 공감했다. 내가 얼마나 나쁜 성격을 갖고 태어났는지는 알 수 없지만, 현재 성격이 나쁜 것만은 분명했다. 어린 시절에는 이 정도로 나쁘지는 않은 것 같았다. 순진하고 한없이 마음이 여렸던 때도 있었다. 그러나 지금의 나는 생각하고 마음먹는 것이 잔뜩 꼬이고 뒤틀려 있었다. 가장 통제하기 힘든 것은 욱하는 성격이었다. 누가 기분 나쁜 말이나 행동을 하면 잠시도 참지 못하고 바로 대들었다. 나중에 시간이 지나서 생각해 보면 그 정도로 흥분할 일이 아닐 때가 많았다. 하지만 나는 그 순간을 참지 못했다. 나는 내 성격이 나빠진 것이 새엄마의 구박과 멸시 때문이라고 생각하고 있었다.

"차별하지 않아요, 형님. 다만 저는 형제들 간의 우애를 생각해서 조금 신경을 쓰는 것뿐이에요. 아무래도 큰애가 중심이 돼서 동생들을 이끌어 줘야 하잖아요. 그래서 제가 일부러 큰애한테 관심을 더 많이 보이는 것처럼 행동하는 거예요."

새엄마는 어처구니없는 변명을 늘어놓고 있었다. 기분 같아서는 달려 나가서 새빨간 거짓말이라고 고모한테 다 까발리고 싶었다. 다행히도 고모는 새엄마의 속마음을 환히 꿰뚫어 보는 것 같았다.

"자네야 그렇게 말하겠지. 하지만 잠깐씩 다니러 오는 내 눈에도 그렇게 안 보여. 그리고 설사 자네 생각이 그렇다고 해도, 받아들이는 아이들이 그걸 못 느끼면 자네 행동에 문제가 있는 거야. 아이들을 정말로 우애 있게 잘 키우고 싶으면 철수만 편애한다는 생각이 들지 않게 신경을 더 써."

고모의 말에 새엄마는 깍듯하게 대답했다. 대답하는 목소리만으로는 갑자기 태도를 바꿔서 여동생과 나한테 잘해 줄 것 같았다. 하지만 결과는 그 반대였다.

고모가 가고 난 뒤 새엄마는 영희와 나를 불렀다.

"너희들, 고모한테 무슨 말 했어?"

새엄마는 다짜고짜 우리가 고자질을 한 것처럼 몰아붙였다. 나는 한심하다는 눈길로 새엄마를 쏘아보았다. 그러나 여동생은 겁에 질린 목소리로 대답했다.

"아니에요, 엄마. 고모한테 아무 말도 안 했어요."

"그럼 넌? 넌 네 고모한테 뭐라고 했어?"

새엄마가 삿대질을 하며 나를 노려보았다. 나는 대꾸할 가치가 없어서 고개를 외면했다. 그랬더니 새엄마가 집게손가락으로 내 이마를 쿡쿡 찔렀다.

"야, 에미 말이 말 같지 않아? 뭐라고 했냐고 묻고 있잖아?"

"아, 왜 쳐요? 나도 아무 말 안 했어요. 됐어요?"

"뭐라고? 말하는 태도 좀 봐. 됐어요?"

흥분한 새엄마가 손바닥으로 나를 후려치려고 했다. 나는 슬쩍 몸을 피했다. 그 바람에 균형 감각을 잃은 새엄마가 휘청거리며 넘어질 뻔했다. 예전에는 그냥 맞기만 하던 내가 몸을 피하자 새엄마는 꼭지가 빽 돌아 버린 것 같았다.

"지금 날 갖고 놀아? 너 오늘 한번 죽어 봐."

15세

새엄마는 손에 잡히는 것을 닥치는 대로 나한테 집어 던졌다. 내가 계속 피하자 새엄마는 소리를 지르면서 몽둥이가 될 만한 것을 찾아왔는데, 아버지가 주로 쓰는 긴 장대우산이었다. 새엄마는 그 우산을 마구 휘둘렀다. 나는 피하다 말고 짐승처럼 날뛰는 새엄마를 물끄러미 바라보았다. 장대우산이 내 어깨에, 가슴팍에, 등짝에 마구 날아왔다. 날카로운 통증이 몸속을 파고들었다. 언제부턴가 새엄마는 매질을 할 때 겉으로 드러나지 않는 부분을 집중적으로 공략했는데, 극도로 흥분한 상태에서도 그 부분을 잊지 않았다.

매를 맞으면서 나는 눈을 부릅뜨고 새엄마를 노려보았다. 한참을 후려치다가 내 눈과 마주친 새엄마는 우산을 휘두르며 악을 썼다.

"이 독한 놈, 눈을 똥그랗게 뜨고 나랑 지금 해 보자는 거야!"

그 순간 나는 '그럼 당신은 눈을 네모나게 뜰 수 있어?' 이렇게 묻고 싶었지만 입을 열지는 않았다. 새엄마 손에 들려 있는 우산은 이미 천이 찢겨지고 살이 부러져서 엉망이 되어 있었다. 그렇게 두들겨 맞고도 내가 그냥 버티고 서 있자 새엄마는 우산대 끝으로 나를 찌르기 시작했다. 그러다가 우산대 끝이 내 명치 부근을 찔렀고, 나는 짧은 비명과 함께 푹 주저앉고 말았다. 그때 옆에서 겁에 질린 채 그 광경을 지켜보고 있던 여동생이 울부짖으면서 새엄마를 가로막고 나섰다.

"엄마, 잘못했어요. 한 번만 용서해 주세요, 엄마. 작은오빠가 성질이 못돼서 그래요. 엄마가 참으세요, 엄마."

새엄마는 무릎을 꿇고 매달리는 여동생의 어깨를 발로 걷어 찼다. 그러곤 여동생이 뒤로 넘어지자 우산을 휘둘러 여동생의 어깨를 사정없이 내려쳤다. 고통을 참지 못한 여동생이 비명을 지르며 데굴데굴 굴렀다. 거의 동시에 나는 성난 짐승처럼 새엄 마를 향해 달려들었다.

"그만해요! 그만하란 말야!"

내 두 손은 새엄마의 양쪽 어깨를 움켜잡았는데, 분을 참지 못 해서 부들부들 떨렸다. 그 순간 나는 만일 그 상황이 조금 더 지 속된다면 무슨 일이 생길지 모르겠다는 불안을 느꼈다. 그때 새 엄마가 용을 쓰며 내 손을 뿌리치고 빠져나왔다.

"어쭈, 이것들이 지들 운명이 어찌 될지도 모르고 이제 한꺼번 에 작당을 하고 덤비는구나, 작당을 하고 덤벼."

그렇게 말하다가 새엄마는 움찔했다. 아마 '이것들이 지들 운 명이 어찌 될지도 모르고'라고 말한 대목 때문인 것 같았다. 나 역시 그 말을 듣는 순간 누군가가 목을 콱 조르는 것 같은 느낌 을 받았다. 돌아보니 여동생도 뜨악한 표정을 짓고 있었다. 그 러나 나도 영희도 그게 무슨 뜻이냐고 묻지 않았다. 우리가 새

36

엄마와 대화를 주고받는 상황도 아니었고, 그것을 물을 만한 분위기는 더더욱 아니었다.

잠시 멈칫하던 새엄마는 손에 들고 있던 다 망가진 우산대를 내동댕이쳤다. 그리곤 영희와 나를 노려보며 말했다.

"영희 너, 이 우산 안 보이는 곳에 갖다 버려. 아버지가 찾으면 모른다고 해. 그리고 영호 너, 앞으로 한 번만 더 그런 돼먹지 못한 행동 하면 그땐 정말 반쯤 죽을 줄 알아. 어디서 배워 처먹은 버르장머리야 도대체."

새엄마는 화가 풀리지 않았다는 것을 보여 주기라도 하듯 과장되게 몸을 흔들며 부엌으로 나갔다. 거실에 남겨진 영희와 나는 서로를 쳐다보았다. 눈물로 얼룩진 여동생의 얼굴이 측은해 보였다. 매를 맞은 곳이 욱신욱신 쑤셨기 때문에 영희 눈에 비친 내 얼굴은 잔뜩 찡그려져 있었을 것이다.

"미안해. 나 때문에 너까지 매를 맞게 해서."

"아냐, 오빠. 많이 아프지? 앞으론 그런 바보 같은 짓 좀 하지 마."

"알았어, 미안해. 너랑 같이 있을 때라도 안 그럴게. 너까지 피해 본다는 생각을 못했어."

새엄마한테 매를 맞고 나서 늘 그랬던 것처럼, 우리 남매는 서로를 위로했다. 그런데 그렇게 몇 마디 주고받다가 여동생이 불쑥 물었다.

"그런데 오빠, 아까 그 말이 무슨 말이야? 지들 운명이 어찌 될지 모르다니? 그럼 설마 우리를 내쫓기라도 한단 말이야?"

나는 그 말에 뭐라고 대꾸를 할 수가 없었다. 지금까지 영희와 나는 구박을 받기는 해도 아버지 자식이기 때문에 내쫓길 거라는 생각은 하지 못했다. 그런데 조금 전 새엄마가 말하는 분위기로 봐서 그런 일이 일어날 수도 있다는 얘기였다. 머릿속이 갑자기 혼란스러워지기 시작했다.

"우산 이리 줘. 내가 갖다 버릴게."

"아냐, 같이 가, 오빠. 오빠랑 할 얘기도 있고……."

내 말에 영희는 목소리를 낮추며 대꾸했다. 그리곤 한 손으로는 망가진 우산을 챙겨 들고, 다른 한 손으로는 내 팔을 잡아끌었다. 나는 영희의 손에 끌려 나갔다.

집을 벗어나자 영희가 내 팔을 잡았던 손을 놓았다. 집으로 막 들어오려던 철수와 딱 마주쳤기 때문이었다.

"너희들 어디 가?"

교복을 단정하게 갖춰 입은 철수가 이상하다는 표정으로 물었다. 여동생이 당황한 목소리로 대답했다.

"엄마가 이 우산 갖다 버리라고 해서."

"어? 우산이 왜 이렇게 됐어?"

철수는 영희 손에 들려 있는 우산과 나를 번갈아 바라보았다. 내가 아무 말도 하지 않고 쳐다보기만 하자 영희가 입을 열었다.

"작은오빠가 엄마한테 좀 맞았어."

나는 등과 가슴의 통증 때문에 고통스러웠다. 동시에 속에서 화가 치밀었다. 새엄마한테 맞고 나면 늘 드는 생각이지만, 내가 그렇게 심하게 두들겨 맞아야 할 이유는 없는 것 같았다. 나는 잘못하지 않았는데도 매질을 당할 때가 많았다. 또 말로 타이르거나 간단한 벌을 주면 될 일도 온갖 포악을 떨면서 몽둥이찜질을 하곤 했다.

"넌 또 뭘 잘못해서 매를 맞았냐?"

철수는 가방을 들지 않은 한쪽 손을 허리에 대곤 나를 비스듬히 바라보면서 물었다. 의젓한 척하려고 그런 자세를 취했는지 모르겠지만 내 눈에는 거드름을 피우는 것처럼 보였다. 그렇지 않아도 몸 상태가 안 좋은데 그런 모습을 보자 기분이 확 상했다.

"잘못해서 맞은 거 아니니까 관심 꺼."

"작은오빠!"

여동생이 나를 가로막고 나섰다. 곧이어 영희는 나를 밀치더니 다시 돌아섰다.

"작은오빠가 엄마한테 심하게 맞아서 화가 많이 났나 봐. 얼마나 맞았으면 우산이 이렇게 됐겠어?"

여동생이 망가진 우산을 흔들며 호들갑을 떨었다. 나는 그 우산을 빼앗아서 갈기갈기 찢어 버리고 싶었다. 괜히 나 때문에 마음고생하는 여동생을 보는 것도 싫었다. 나는 그냥 몸을 획 돌려서 걸음을 옮겨놓기 시작했다. 뒤에서 다급한 여동생의 목소리가 들려왔다.

"어서 들어가, 큰오빠. 이 우산 갖다 버리고 얼른 갈게."

뒤이어 여동생의 발자국 소리만 들릴 뿐 철수의 목소리는 들리지 않았다. 철수는 분명 무슨 말인가를 하고 싶었을 것이다. 그러나 영희 때문에 입을 다물었을 것이다. 철수는 내 입장이나 처지를 헤아려서 말을 삼가거나 행동을 조심한 적이 없었다. 오히려 새엄마가 자신을 편들어 준다는 사실 때문에 내 앞에서 늘 으스댔다. 나는 그 모습이 꼴 보기 싫어서 패 주고 싶을 때가 많았지만 억지로 눌러 참을 수밖에 없었다.

바다가 내려다보이는 지점으로 접어들었을 때 영희가 나를 불러 세웠다.

"작은오빠, 도대체 왜 그래?"

나는 못 들은 척하고 나무 몇 그루가 에워싸고 있는 작은 바위 위에 걸터앉았다. 그곳은 평소에 내가 자주 찾는 장소였다.

기분이 울적하고 속이 상할 때면 나는 그 바위에 앉아서 하염없이 바다를 내려다보았다. 바람이 나뭇잎을 흔들고 지나가는 소리를 들으면서 바다를 향해 오래 앉아 있으면 마음이 조금씩 가벼워졌다. 내 고민과 걱정이 바람과 바닷물에 씻겨 나가는 것 같았다.

평소에 혼자 찾아오던 그곳은 이제 나 혼자만의 장소가 아니었다. 새엄마의 발작에 가까운 히스테리 때문에 나를 찾으러 다니던 영희가 그곳을 알아내 버린 것이었다. 그 뒤 여동생은 그 장소를 나보다 더 자주 이용하는 것 같았다. 어떤 날은 학교 수업을 마치고 집에 들어가기 싫어서 바위를 찾으면 영희가 먼저 와서 우두커니 앉아 있기도 했다.

"왜 그러냐고 묻고 있잖아."

여동생이 다시 내 팔을 잡아당겼다. 나는 짜증을 내면서 그 팔을 뿌리쳤다.

"왜 그러긴 뭘 왜 그래?"

"도대체 왜 큰오빠한테 그렇게 말해? 오빠 정말 바보야, 아니면 미친 거야?"

"왜? 내 말이 그렇게 듣기 싫었어? 그래서 그걸 따지려고 이러는 거야?"

나도 모르게 고함을 지르고 말았다. 영희가 훌쩍이기 시삭했다.

"작은오빠는 정말 바보구나. 내가 지금 큰오빠 편을 들어서 이러는 거야? 작은오빠가 말한 걸 큰오빠는 엄마한테 그대로 일러바칠 거고, 그걸 들은 엄마는 또 작은오빠를 혼낼 거고……. 그게 싫어서 이러는 걸 정말 모르냐고?"

내 입에서는 긴 한숨이 흘러나왔다. 아까 새엄마한테 맞은 곳이 계속 쑤셨다.

"오빠가 자꾸 그렇게 혼나고 맞고 그러면 내 마음이 얼마나 아픈지 알아? 지금 나한테는 오빠밖에 없는데, 오빠는 맨날 바보같이 굴고……."

격한 울음 때문에 영희는 말을 제대로 잇지 못했다. 나는 미안하고 화가 나고 한심하고 미쳐 버릴 것 같았다. 무슨 말이든 마구 쏟아 내고 싶었지만 입을 꾹 다물어 버렸다.

"그리고 아까 새엄마가 하는 말 들었잖아. 지들 운명이 어찌 될지도 모르면서 작당을 한다고……. 결국 그 말은 우리를 쫓아낼지도 모른다는 얘기잖아. 그럼 우린 정말 어떻게 해야 돼? 그래서 막 걱정이 되는데 정말 어떻게 해야 좋을지 모르겠는데, 정말……."

내 눈에도 왈칵 눈물이 고였다. 그 눈물을 영희에게 보이기 싫었지만 이미 눈물은 뺨으로 흘러내리고 있었다. 나는 황급히 손등으로 눈가를 문지르며 중얼거렸다.

"아이 씨, 왜 이렇게 흙바람이 부는 거야."

나는 곧 잘못 말했다는 걸 깨달았다. 아무리 느껴 보려고 해도 바람 한 점 불지 않았다.

나는
조용히 사라지고 싶다

"오늘부터 반 편성을 다시 한다."

담임의 말에 아이들이 일제히 술렁거렸다. 그때 한 아이가 서둘러 질문을 했다.

"2학년 올라온 지 얼마 되지도 않는데 왜 반을 새로 바꿉니까?"

다른 아이들도 마치 그 질문을 하고 싶었다는 듯 갑자기 조용해졌다. 담임은 아이들을 휘둘러보더니 인상을 쓰면서 말했다.

"반 편성 왜 새로 하는지 궁금하냐?"

"네~."

아이들이 일제히 대답했다. 그러자 선생님의 얼굴이 더 일그러졌다. 억지로 찡그리는 게 그대로 느껴졌다.

"지난 시험에 우리 반이 꼴찌를 해서 반을 바꾸려는 거다. 우리 반 때문에 학교 평균이 뚝 떨어져서 우리 학교 성적이 이 도시 중학교들 중에서 꼴찌가 됐다. 그래서 성적을 끌어올리라는 교장 선생님의 특별 지시가 내려왔다."

아이들은 "에이~." "거짓말하지 마세요." 하면서 소리를 질렀다. 선생님은 첫 번째 시험에서 우리 반 성적이 낮았다는 이유로 툭하면 구박을 했다. 그게 큰 잘못이라도 되는 것처럼. 그런데 그 때문에 반 편성까지 새로 해야 한다는 건 말도 안 되는 소리였다. 우리가 어리긴 했지만 열다섯 살은 그 정도 거짓말에 속아 넘어갈 나이는 아니었다.

우리가 야유를 보내자 담임은 출석부로 교탁을 몇 번 내리쳤다.

"야, 이 녀석들아, 내가 너희들한테 왜 거짓말을 하겠어? 지금부터 내가 불러 주는 게 너희들이 가서 공부할 반이니까 잘 들어."

선생님은 미리 준비해 온 서류를 펼치더니 정말로 아이들 이름을 하나씩 부르기 시작했다. 김팔봉 5반, 유인식 2반, 홍은철 4반, 이영수도 4반……. 아이들은 귀로는 선생님의 말을 들으면서 눈으로는 서로를 쳐다보았다. 누군가의 이름이 불리면 아이들의 시선이 그 쪽으로 쏠렸다. 그리고 친한 아이들끼리 같은 반이 되면 좋아했고, 반이 갈라지면 아쉬워했다. 그 바람에 교실이 술렁거렸다. 선생님은 잠깐씩 멈추곤 아이들을 향해 고함을 질렀다.

"조용히 못해! 공부도 못하는 자식들이 시끄럽긴 왜 이렇게 시끄러워?"

선생님은 말끝마다 '공부 타령'이었다. 선생님의 고함 때문에 잠시 잠잠하던 아이들은 또 다시 웅성거렸고, 선생님은 소란스러운 가운데서도 계속 아이들에게 새로 바뀐 반을 불러 주었다. 김관동 8반, 신현민 3반, 강영호 1반……. 내 이름이 불리자 아이들의 시선이 나에게 날아와 꽂혔다. 나도 반사적으로 아이들을 쳐다봤는데 송곳하고 깡통의 시선과 마주쳤다. 그들은 둘 다 8반으로 배정되었다. 송곳은 담담한 표정을 지었지만 깡통의 얼굴에는 안타까워하는 기색이 묻어났다.

선생님이 아이들 이름과 새로 정해진 반을 부르는 동안 나는 반 편성이 어떻게 되는지 짐작할 수 있었다. 그건 바로 성적순으로 나누는 것이었다. 공부 잘하는 아이들은 1반으로 몰리고, 공부에 관심 없는 아이들은 8반으로 배정되고 있었다. 그리고 나머지 아이들도 성적에 따라서 1반에 가깝거나 8반에 가깝게 반이 정해지고 있었다.

"이번 반 편성은 간단하다. 지난번 시험 성적에 따라 1등부터 꼴찌까지 순서대로 반을 나눈 것이다. 반을 이렇게 나눈 이유는

15세

수준에 맞게 가르쳐서 공부 잘하는 아이들은 성적을 더 끌어올리고, 공부 못하는 아이들은 기초부터 가르쳐서 잘 따라오게 하기 위해서다. 성적에 상관없이 뒤섞어 놨던 하향평준화에서 맞춤형 공부를 시키는 상향평준화로 바뀌는 거니까 너희들 모두에게 좋은 거다."

선생님의 목소리에는 밝고 힘이 들어가 있었지만 아이들의 표정은 밝지 않았다. 특히 성적이 나쁜 편에 속하는 아이들의 얼굴은 더 어두웠다.

"찌질이들만 따로 모아서 관리하겠다는 거네."

"그러게, 공부 잘하는 애들 방해받을까 봐 떼어 놓는 거잖아."

여기저기서 불평이 이어졌다. 선생님의 말이 계속 이어졌다.

"반을 완전히 바꾸는 게 아니라 수업만 따로 받는 거다. 등교할 때 이 반으로 와서 조회를 마치고 지금 불러 준 반으로 가서 수업을 받는다. 그리고 수업을 다 마친 다음 다시 이 반으로 와서 종례를 하고 집에 가면 된다. 아침 저녁으로 한 번씩 이동하는 거니까 별로 번거롭지도 않을 거고……. 무엇보다 수업 내용이 귀에 쏙쏙 들어올 거니까 성적이 부쩍 올라갈 거다."

조회를 마치자마자 우리는 새로 편성된 반으로 옮기기 시작했다. 여덟 개 반에서 일제히 쏟아져 나온 아이들이 복도를 가득

메우면서 이동을 하자 거대한 물결이 굽이치면서 흘러가는 것 같았다. 한 무리는 왼쪽에서 오른쪽으로 이동하고 또 한 무리는 오른쪽에서 왼쪽으로 이동했는데, 중간에 있는 교실에서 나오는 아이들과 그 교실로 들어가려는 아이들 때문에 흐름이 자주 끊겼다. 1반부터 6반까지는 2층에 있고, 7반과 8반은 3층에 있어서 교복의 물결은 2층과 3층을 연결하는 계단까지 이어졌다.

"꼭 이런 짓까지 해야 성적이 올라간대니?"

"안 그래도 귀찮아 죽겠는데 제대로 짜증나게 하네 정말!"

"도대체 어떤 또라이가 이런 골 때리는 아이디어를 낸 거야?"

아이들은 가방을 들고 이동을 하면서 침이라도 뱉듯이 퉁명스럽게 한마디씩 내뱉었다.

교실을 나설 때 내 뒤를 따라나온 깡통도 우중충한 목소리로 중얼거렸다.

"2학년 때부터 마음잡고 공부 좀 해 보려 했는데 현실이 안 따라 주네."

돌아보니 깡통의 표정 또한 목소리처럼 우중충하게 일그러져 있었다. 깡통이 그런 얼굴을 한 건 처음이었다. 깡통이 마음잡고 공부를 해야겠다고 말한 것도 처음 있는 일이었다. 나와 눈이 마주치자 깡통은 푸념이라도 하듯이 덧붙였다.

"똘빡들 모인 반은 수업 분위기도 엉망일 텐데 공부하긴 글렸다, 글렀어."

그 말을 듣는 순간 나는 한마디해 주고 싶었다. 그동안 네가 공부 못한 게 수업 분위기 때문이었냐, 라고. 하지만 깡통의 일그러진 표정 때문에 차마 그 말을 할 수가 없었다. 대신 다른 말을 했다.

"그런 쓸데없는 생각 하지 마. 공부는 혼자 하는 거야."

그건 무책임한 말이었다. 물론 공부는 혼자 하는 것이다. 하지만 교실에서 수업을 받을 때는 분위기도 중요하다. 사실 우열반을 나누는 가장 큰 이유는 수준별로 가르친다는 목적도 있지만, 공부 못하는 아이들이 수업 분위기를 망쳐서 공부 잘하는 아이들에게 방해가 되는 걸 막는 것이다. 내 말에 깡통은 갑자기 밝아진 얼굴로 물었다.

"그럴까? 걱정 안 해도 될까?"

나는 그를 안심시켜 주기 위해서 고개를 크게 끄덕였다.

복도로 나온 우리는 아이들의 거대한 흐름 속에 파묻혔다. 나는 왼쪽으로 움직이는 줄에 떠밀렸고 깡통은 오른쪽으로 움직이는 줄 속으로 끼어들었다. 그 바람에 더 이상 말을 주고받을 수가 없었다. 나는 다행이라고 생각했다. 그런데 반대쪽으로 멀어져 가면서 깡통이 아쉬운 듯 한쪽 손을 들어서 머리 위로 흔들며 소리쳤다.

"수업 잘 받아. 이따가 쉬는 시간에 보자."

누가 보면 떨어지기 힘든 대단히 끈끈한 사이라도 되는 것처럼 느껴졌을 것이다. 나는 모른 척하지 않고 손을 흔들어 주었다.

1반 교실은 왼쪽 복도 끝에 있었다. 복도의 끝부분에 교실 앞문이 있기 때문에 교실 뒷문으로 1반 아이들이 밀려 나왔다. 다른 반에서 온 아이들 역시 1반 교실 뒷문으로 밀려들었다. 나는 앞에 늘어선 아이들의 줄 뒤에 서 있다가 얼른 몸을 빼내서 앞문 쪽으로 걸어갔다. 몇몇 아이들이 내 뒤를 따라왔다.

나는 교실로 들어서면서 반 전체를 휘둘러보았다. 낯선 곳에서 새로운 대상들을 만나면서 본능적으로 분위기 파악을 하는 것이었다. 1학년 때 같은 반이던 친구 몇몇이 눈에 띄었다. 눈이 마주치자 서로 어색하게 웃거나 어정쩡한 표정을 지었다. 한번도 같은 반이 아니었던 아이들은 다른 볼일이 있는 것처럼 얼른 고개를 돌렸다. 전체적으로 뭔가 자연스럽지 않은 기류가 흘렀다. 나는 잠깐 서 있다가 어디쯤 앉는 게 좋은지 생각하며 빈자리들을 훑어봤다. 그때 뒤에서 누군가가 내 어깨를 툭 쳤다.

"잔머리 굴리는 건 여전하네. 뒷문 복잡하다고 앞문으로 빠지는 게 누군가 했더니 바로 너였어. 네가 이 1반에 올 수 있는 건 순전히 그 잔머리 때문이구나."

뱁새였다. 울컥 짜증이 치밀었다. 거친 말이 목구멍까지 올라왔지만 나는 입을 열지 않았다. 나를 향한 교실 안의 시선이 느껴졌기 때문이다. 그 아이들은 그냥 평범한 한 학생을 보고 있는 게 아니었다. 내가 하는 말 한마디, 행동거지가 다른 아이들에게 도드라져 보였다. 내가 유난을 떨어서가 아니었다. 나한테 맡겨진 학생회 직책 때문이었다. 아이들은 내가 조금이라도 잘못을 하거나 실수를 하면 도끼눈을 뜨고 노려보았다. 그러곤 대단한 일이라도 본 것처럼 수군거렸다. 들으라는 듯이 노골적으로 투덜거리는 놈들도 있었다.

"전교 부회장이 어떻게 저런 짓을 하냐!"

그럴 때마다 기분이 아주 엿 같았다. 주둥아리를 놀리는 놈들의 턱을 날려 버리고 싶었다. 하지만 못 들은 척하는 수밖에 없었다.

뱁새도 그런 재수 없는 놈들 중 하나였다. 아니, 뱁새는 다른 아이들보다 훨씬 더 재수 없었다. 뱁새는 내가 붙여 준 별명인데, '뱁새가 황새 따라가려다가 가랑이 찢어진다'는 말에 나오는 그 뱁새였다. 뱁새하고는 초등학교 동창이었다. 초등학교 6년을 다니면서 세 번이나 같은 반을 했다. 3년씩이나 같은 반에서 공부를 했으면 친하게 지낼 법도 한데 뱁새의 행동 때문에 도저히 친해질 수 없었다.

뱁새는 지나칠 정도로 친구들과의 경쟁에 집착했다. 그가 경쟁 대상으로 삼는 아이들은 대개 공부를 잘하거나 다른 특별 활동에 뛰어났다. 그래서 뱁새가 도전해도 쉽게 이길 수 없었다. 하지만 뱁새는 친구들 중 누군가를 타깃으로 정하곤 그 친구를 이기려고 맹렬하게 집착했다. 가장 많이 타깃이 됐던 인물이 바로 나였다. 뱁새는 아니라고 할지 모르지만, 나는 줄곧 그렇게 느꼈다.

초등학교 때 문예반이었던 나는 교내 백일장은 물론이고 교외 백일장에 나가서도 글쓰기 상을 자주 받았다. 내가 여러 차례 상을 받는 걸 본 뱁새는 주산반에서 문예반으로 옮겨 왔다. 그러고는 나를 따라다니면서 어떻게 하면 글쓰기 상을 받을 수 있냐고 캐물었다. 내가 웅변대회에 나가서 상을 받고 나면 그는 웅변을 하고 싶어했고, 내가 한자시험에서 만점을 받고 나면 한자 공부에 열을 올렸다. 하지만 단 한 번도 나를 이긴 적은 없었다. 그저 따라다니며 귀찮게 할 뿐이었다.

중학생이 되어서도 뱁새는 여전히 나를 경쟁 상대로 여기면서 치근덕거렸다. 중학교에 진학하자 시험 보는 횟수가 많이 늘었는데, 같은 반도 아닌 그는 툭하면 나를 찾아와서 이렇게 물었다.

"너, 공부 많이 했지? 이번엔 몇 등 할 거 같아?"

뱁새는 늘 등수를 물었다. 성적이 나온 다음에는 나와 자신의 등수를 비교하면서 툴툴거렸다.

"말로는 공부 안 했다고 하곤 몰래 한 거 아냐? 정말 얍삽하다, 얍삽해."

이렇게 말하면서 뱁새는 공부 안 하면서 점수 잘 나오는 비결은 뭐냐고 따지듯 묻곤 했다. 나는 말도 안 되는 질문에 대답할 필요를 못 느꼈기 때문에 아무 대꾸도 하지 않았다. 그런데도 뱁새는 툭하면 나를 찾아와서 쓸데없는 걸 물어보며 귀찮게 했다. 그러다가 나한테 작은 변화라도 있으면 곧바로 호기심을 보이면서 따라하겠다고 나섰다.

1학년 때 있었던 전교 부회장 선거 때도 그랬다. 나는 친구들에게 떠밀려서 출마를 하게 됐는데, 그 사실을 안 뱁새가 자기도 후보 등록을 했다. 모두 네 명이 출마를 했고 나는 그중에서 과반수를 넘는 압도적인 표 차이로 당선이 되었다. 뱁새는 형편없이 적은 표를 얻었지만, 그 사실은 쏙 빼놓고, 전교 부회장에 출마했다는 사실만 떠들고 다녔다. 그러곤 다른 친구들 앞에서 나한테 이렇게 큰소리를 치곤 했다.

"너, 전교 회장 선거 때 꼭 나와. 내가 반드시 너를 꺾고 회장이 되는 걸 보여 줄 테니까!"

그때부터 나는 그를 뱁새라고 불렀다. 내가 노골적으로 비웃어도 뱁새의 태도는 조금도 달라지지 않았다. 그런 재수 없는 놈을 매일 같은 교실에서 봐야 한다고 생각하니 가슴이 답답했다.

1반 교실에 들어선 아이들은 잠깐 어정쩡하게 서 있다가 곧 빈자리를 찾아서 앉기 시작했다. 공부 잘하는 아이들만 모아 놓은 학급이어서 그런지 앞자리부터 채워졌다. 나는 뱁새가 따라오지 못하도록 성큼성큼 걸어서 1학년 때 같은 반이었던 왕눈이 옆자리로 다가갔다. 눈이 얼굴의 3분의 1이나 될 것처럼 커 보이는 왕눈이는 그 큰 눈을 끔뻑이며 입가에 미소를 지었다. 나도 웃음 띤 얼굴로 얼른 그 자리에 앉았다. 내 뒤를 따라오던 뱁새의 눈길이 따갑게 느껴졌다. 내 뒷자리도 비어 있지 않았기 때문에 뱁새는 다른 분단의 조금 떨어진 자리에 앉았다. 나의 왼쪽 뒤통수를 바라볼 수 있는 자리였다.

"공부 잘 되냐? 요새 나는 공부가 안 돼서 미치겠다."

내가 자리에 앉자마자 왕눈이가 아무렇지도 않게 말했다. 왕눈이하고는 1학년 때도 별로 친하게 지낸 사이가 아니었다. 같은 교실에서 공부했고 성적이 비슷해서 복도 칠판에 적힌 내 등수를 볼 때 왕눈이의 이름도 근처에 있는 걸 몇 차례 확인한 정도였다. 그런 아이가 대뜸 보자마자 공부 이야기를 하는 게 나는 좀 이상했다. 하지만 왕눈이가 그 큰 눈으로 빤히 쳐다보고 있었기 때문에 대꾸를 하지 않을 수 없었다.

"나도 잘 안 돼. 그냥 억지로 하는 거지 뭐."

그렇게 대답하면서 나는 그 말이 내가 자주 쓰는 말 가운데 하나라는 사실을 깨달았다. 일주일마다 시험을 쳐서 석차를 매기다 보니 우리의 화제는 대부분 성적에 대한 것이었다. 성적이 떨어진 아이는 괴로워했고 성적이 오른 아이는 불안해했다. 일주일 단위로 성적이 오르락내리락하는 상황이라 시험이 끝나는 날 곧바로 다음 시험공부를 시작해야 했다. 우리는 공부하는 벌레들이 아니라 공부에 시달리는 노예들이었다. 아무도 행복해 보이지 않았다. 우리들 입에서는 공부에 대한 말이 떠나질 않았고, 가장 많이 하는 말이 '억지로 한다'는 것이었다. 그 말은 그러니까 나만 제일 많이 하는 게 아니라 대다수의 아이들이 제일 많이 하는 말인 셈이었다.

"그래도 넌 석차에 거의 변동이 없는 것 같더라. 그만큼 꾸준히 한다는 거잖아. 난 완전히 널뛰기다, 널뛰기."

왕눈이는 또 성적 이야기를 했다. 나는 왕눈이가 내 석차를 유심히 살펴보고 있었다는 게 놀라웠다. 시험 성적이 나오고 복도에 석차가 새로 적히고 나면 나도 물론 내 성적이 어떻게 나왔는지 살펴보곤 했다. 그때 내 이름 앞뒤에 적힌 아이들의 이름도 같이 눈에 들어왔다. 하지만 누구 석차가 얼마나 달라졌는지 기억해 가면서 살펴본 경우는 없었다. 그 말을 통해 왕눈이가 얼마나 석차에 민감한지를 느낄 수 있었다. 어쩌면 왕눈이만 그런 게 아닐 수도 있었다. 입을 열어 말을 안 하고 있을 뿐이지 우수반이라는 곳에 모인 아이들 중 상당수가 다른 친구들의 석차에 신경을 쓰며 경쟁심을 불태우고 있을지도 모르는 일이었다. 그런 생각을 하며 교실을 둘러보자 아이들이 좀 무섭게 느껴졌다.

'난 곧 학교 그만둘 거니까 내 성적 신경 쓰지 마.'

나는 이렇게 말하고 싶었다. 하지만 말을 할 수가 없었다. 그 말이 내 입 밖으로 나오는 순간 파다하게 소문이 퍼질 것이었다. 그리고 궁금증을 참지 못하는 아이들이 나를 에워쌀 것이었다. 선생님들 귀에까지 들어가서 불려 다닐 수도 있었다. 나는 그런 번거로운 일이 생기는 게 싫었다.

나는 그런 일을 겪지 않고 조용히 사라지고 싶었다. 내가 없어지고 나서 학교가 소란스러워지는 것은 내 알 바 아니었다. 어쩌면 내 자리가 비어 있어도 다들 성적에 혈안이 돼 있어서 아무도 관심을 갖지 않을지도 모를 일이었다. 차라리 그렇게 됐으면 좋겠다는 생각이 들었다. 가출을 결심한 다음부터 나는 학교생활에 대해서도 아무런 미련이 없었다. 아무도 날 귀찮게 하지 않고 그냥 내버려 두기만 바랄 뿐이었다.

1반으로 배정된 아이들이 다 들어와서 자리에 앉을 때까지 교실 안에서는 아무 소란도 없었다. 누가 시키지 않았는데도 알아서 잘 움직였다. 들어오는 순서대로 자기가 앉아야 할 자리를 재빨리 파악하고 그곳에 앉았다. 늦게 오는 아이는 남은 자리 중에서 자기가 앉고 싶은 곳을 골랐다. 그리고 맨 마지막에 온 아이는 당연한 듯이 딱 한 군데 비어 있는 자리에 가서 앉았다. 아이들의 행동이 너무 침착해서 그들의 자리가 이미 정해져 있었던 게 아닌가 하는 생각이 들 정도였다.

새로운 반이 정해지고 나면 친한 친구랑 같이 앉고 싶어서 자리를 바꿔 달라고 하는 일이 종종 있었다. 초등학교 때보다는 덜했지만 중학교에 와서도 그런 아이들이 더러 있었다. 하지만 아무도 자리에 연연하지 않았다. 오히려 공부에 집중하기 위해서 잘 모르는 아이와 앉는 게 더 낫다고 생각하는 것 같았다. 아이들의 표정도 엄숙했다. 마치 성적이 뛰어난 만큼 철없는 행동을 해서는 안 된다고 생각하는 것처럼 보였다. 대부분은 그냥 어색한 표정으로 앉아 있었지만 놀랍게도 벌써 책을 꺼내서 공부를 하는 아이들도 눈에 띄었다. 정말 재수 없었다.

잠시 뒤 1반 담임 선생님이 교실로 들어왔다. 들어서자마자 선생님은 흠칫 놀라는 기색이었다.

"어쭈, 이 자식들 봐라. 우등생들이라고 떠들지도 않고 아주 의젓한데. 그래, 너희들이 우리 학교 희망이다. 사실은 너희들 때문에 반 편성 새로 한 거다. 어중이떠중이들 떠들어 대는 바람에 공부하기 힘들었을 텐데, 이젠 그런 애들 방해 안 받으니까 열심히들 해서 우리 학교 명예를 높여 주기 바란다."

1반 담임은 교실 안을 한번 휘둘러본 다음 생각난 듯이 덧붙였다.

"시험 칠 때마다 새로운 석차에 따라 반 편성이 달라지니까 이 반에서 계속 공부할 수 있도록 열심히들 해라. 참, 이 반에도 반장이 있어야 하는데, 누가 할래? 수업 시작할 때와 수업 끝날 때 선생님께 인사하고, 교무실에서 전달 사항 있을 때 반 친구들에게 전해 주기만 하면 되니까 힘든 것도 없어. 그러니까 그냥 쉽게 가자. 반장 하고 싶은 사람 손들어 봐."

아무도 손을 들지 않았다. 서로 눈치만 보고 있었다. 아이들은 반장을 맡는 것이 공부에 방해가 된다고 생각하는 것 같았다. 선생님은 손드는 법을 시범이라도 보이듯 자신의 오른손을 들어 보이며 교실 안을 휘둘러보았다. 그러다가 나하고 눈이 딱 마주쳤다. 나는 황급히 시선을 피했다. 나는 곧 집을 나갈 것이기 때문에 언제 학교를 그만둘지 몰랐다. 어떤 상황하고도 엮이고 싶지 않았다. 나는 곁눈질로 슬쩍 교실 안을 살펴보았는데 선생님의 시선을 피해 다른 곳을 보고 있는 아이들이 많았다. 나는 선생님이 내 이름을 부르지 않기를 바라면서 고개를 떨구고 있었다. 하지만 나의 기대는 여지없이 어긋나 버렸다.

"강영호, 네가 반장을 맡아야겠다. 아무도 하지 않겠다니까 전교 부회장인 너라도 해야지."

선생님은 들고 있던 오른손을 반쯤 내리더니 나에게 나오라는 손짓을 해 보였다. 나는 가슴이 답답했지만 자리에서 일어서지 않을 수 없었다. 그런데 그때였다. 귀에 익은 목소리가 들려왔다.

"선생님, 제가 하겠습니다."

돌아보니 뱁새가 자리에서 일어나 있었다. 나는 몸을 일으키다 말고 다시 주저앉았다. 나를 부르던 선생님의 손끝은 뱁새 쪽으로 향해 있었다. 뱁새가 얼른 몸을 움직여서 교탁 앞으로 다가갔다. 선생님은 뱁새를 옆에 세운 뒤 아이들에게 인사를 시켰다.

"필요한 게 있으면 반장을 통해서 알려 줄 테니까 너희도 건의사항이나 요구사항이 있으면 반장에게 얘기하면 되겠다. 그럼 곧 수업 종이 울릴 테니까 잠깐만 대기해라. 반장, 넌 시간표 줄 테니까 교무실로 따라오고."

선생님이 앞장서고 뱁새가 그 뒤를 따랐다. 나는 안도의 한숨을 내쉬었다. 하지만 기분은 찜찜했다. 반장이 된 아이가 뱁새였기 때문이었다. 우수반의 반장이 되었으니 또 얼마나 설쳐 댈지 안 봐도 비디오였다. 나한테 더 깐죽거릴 게 뻔했다. 그 생각을 하자 나도 모르게 입에서 이런 말이 튀어나왔다.

"재수 없는 놈!"

마치 그 말을 듣기라도 한 것처럼 뱁새가 뒤를 돌아보았다. 놈은 빙긋이 웃고 있었다. 어쩌면 뱁새는 나를 바라본 게 아닐 수도 있었다. 하지만 내 눈에는 나를 보면서 비웃음을 흘린 것처럼 느껴졌다. 처음부터 반장을 하겠다고 한 게 아니라 선생님이 나한테 맡기니까 그때서야 불쑥 나섰기 때문이었다. 잠시 뒤를 돌아보던 뱁새는 으스대듯 몸을 돌려 교실을 빠져나갔다.

"미친 놈!"

내 입에서는 또 욕이 튀어나왔다. 하지만 옆자리의 왕눈이는 아무런 관심도 보이지 않았다. 왕눈이는 벌써 책을 펼쳐 들고 코를 묻고 있었다.

'그래, 어차피 곧 학교 그만둘 거니까 저런 놈이 깝죽거리는 걸 볼 날도 얼마 없을 거야.'

나는 속으로 중얼거리면서 고개를 돌렸다.

공부 잘하면
다 용서가 돼?

반 편성을 새로 한 반에서 다시 시작하는 수업은 어수선했다. 우선 각 반에서 배운 진도가 달랐고 낯선 아이들이 모여서 신학기처럼 서먹서먹한 분위기였다. 대부분의 선생님들은 입시 지옥을 만들어 가는 학교 방침을 못마땅하게 여기는 눈치였다.

"이런 편법까지 써 가면서 가르쳐야 하는 우리 교육 현실이 참 갑갑하다. 하지만 이렇게 하면 너희들 성적이 오른다니까 어쨌든 열심히 해 보자."

첫 수업에 들어온 선생님들은 표현은 조금씩 달랐지만 대략 이런 요지로 말했다. 아이들은 처음에는 가장 우수한 그룹에 속했다는 것을 의식해서인지 조금 우쭐하는 기색이었다. 하지만 계속 어수선한 분위기에서 수업이 이어지자 여기저기서 불만이 터져 나왔다. 그중 한 아이가 선생님에게 대놓고 불평을 했다.

"이렇게 수업을 받을 거면 처음부터 성적순으로 나누지 왜 이동 수업을 하는 겁니까?"

"교육부 방침은 너희들 모두를 차별하지 않고 똑같이 가르치는 교육 평준화다. 그래서 성적을 따지지 않고 학생을 골고루 배정한 거다. 모든 중학교의 조건이 같아졌으니까 좋은 고등학교에 몇 명이나 보내느냐에 따라 얼마나 잘 가르쳤는지가 드러나겠지. 그걸 경쟁하느라 이렇게 된 거다."

대답을 해 준 분은 호인으로 소문난 윤리 선생님이었다. 이번에는 다른 아이가 따지듯 물었다.

"그럼 말은 우리를 위해서라고 했지만 학교끼리 경쟁하는 데 저희가 이용당하고 있는 거네요?"

윤리 선생님은 허허허, 소리 내어 웃었다.

"그렇게까지 나쁜 시각으로 볼 필요는 없지만, 사실 좋은 의도라고 하긴 어렵지. 다른 학교에서 먼저 시작하니까 우리 학교도 어쩔 수 없이 따라하는 거라고 하던데, 다 같이 그만둘 수 없다면 당분간 이렇게 가야 할 것 같구나."

나는 윤리 선생님의 말투와 표정에서 우리한테 미안해한다는 걸 느낄 수 있었다. 그 점이 무척 낯설었다. 선생님한테서 그런 모습을 발견하는 경우는 거의 없었다. 모든 선생님들은 다 잘났고 당당했고 자기 멋대로였다. 우리 위에 군림하면서 신처럼 굴었다. 윤리 선생님 같은 분이 있다는 건 자존감을 잃고 살아가는 우리들에게는 큰 위안이 되었다. 하지만 그 고마움을 모르는 놈들이 꼭 있다. 그런 놈들 몇 명이 선생님 말이 끝나자마자 핏대를 세우며 고함을 질러 댔다.

"그건 말도 안 되는 소리죠."

"저희는 수업 거부할 권리가 있습니다."

"선생님이 앞장서서 원점으로 돌려 주세요."

웃기는 주장들이었다. 이런 놈들 때문에 다른 선생님들이 우리를 미친 개 다루듯 하는지도 모를 일이다.

사회 선생님은 다른 선생님들하고는 달리 우열반을 나누어서 수업하는 걸 너무 늦은 선택이라고 주장했다. 서울대 출신이라고 스스로 떠벌리고 다니는 그는 성적이 좋은 네 반만 맡기로 했다면서 큰소리를 쳤다.

"이제야 수업할 맛이 좀 난다. 아무리 설명해도 못 알아듣는 돌대가리들 정말 피곤하단 말이야. 그런 놈들은 학교 다닐 필요 없어. 일찌감치 공장에 가서 기술 배우거나 배달하면서 장사 배우면 돼. 왜 쓸데없이 아까운 교육 예산 써 가면서 공부하는 분위기 흐려 놓는지 몰라. 아무튼 엘리트만 모인 반이니까 쉽게 쉽게 가 보자."

사람의 머리는 보통 앞면이 옆면보다 더 평평한데 사회 선생님은 반대였다. 작정을 하고 누가 양 옆에서 눌러놓은 것처럼 눈코 입이 몰려 있는 얼굴이 귀가 붙어 있는 옆머리보다 면적이 더 작았다. 그러다 보니 코와 눈은 기형적으로 튀어나와 보였고 이마는 좁아서 소견머리가 없는 것 같은 인상을 풍겼다. 그 모습이 하도 이상해서 보기만 해도 웃음이 나왔다. 생김새처럼 하는 행동도 얍삽해 보여서 아이들은 족제비라는 별명을 붙여 주었다. 아이들한테 새로 반편성하기 전에 어디까지 배웠는지를 묻던 사회 선생님은 갑자기 짜증을 내더니 신경질적으로 말했다.

"이거 반마다 다 뒤죽박죽이어서 안 되겠다. 내가 대충 중간쯤이라고 생각되는 곳에서 시작할 테니까 덜 배운 놈들은 혼자 공부해서 따라와."

여기저기서 안 된다고 외치는 소리가 터져 나왔다. 다른 선생님들은 제일 진도가 늦은 반 아이들에게 맞춰서 수업을 시작했다. 아이들은 사회 과목도 그렇게 해 달라고 요구했다. 사회 선생님은 가소롭다는 듯이 한쪽 눈을 가늘게 떴다. 마치 눈 다친 족제비 같았다.

"야, 똑똑한 놈들이 왜 돌대가리들 흉내를 내고 그래? 교과서 읽어 보고 참고서 한 번 훑어보면 다 따라올 수 있는 내용이야. 아, 자식들, 참 피곤하게 구네."

사회 선생님은 아이들을 무시하면서 자기 자신까지 무시하고 있었다. 한 아이가 그 말의 꼬투리를 잡았다.

"그렇게 하면 될 걸 뭐하러 선생님한테 배웁니까?"

아이들의 웅성거림이 뒤를 이었다. 그때 선생님 얼굴에 아차, 하는 기색이 스쳐 지나가는 것 같았다. 아이들의 항의가 거세지는 가운데 누군가 "선생님!" 하고 소리쳤다. 돌아보니 뱁새가 일어서 있었다. 그는 아이들이 만든 분위기에 휩쓸려서 기분이 몹시 들뜬 것처럼 보였다. 상기된 표정으로 고함치듯 말했다.

"수업 똑바로 합시다!"

그 한마디에 교실은 찬물을 끼얹은 것처럼 조용해졌다. 아이들 대부분은 사회 선생님이 말실수를 했다고 느끼고 있었다. 선생님이 이미 한 말을 번복하고 제일 늦은 진도에 맞춰서 수업을 해 주기를 바랐다. 뱁새도 그 분위기를 읽었을 것이다. 새로 편성된 우수반의 반장을 맡았기 때문에 어쩌면 그 순간 영웅이 되고 싶었을 수도 있다. 하지만 아이들 대부분이 말을 그런 식으로 하는 건 아니라고 생각하는 것 같았다. 아이들은 숨죽이며 사회 선생님의 눈치를 살폈다.

"너, 지금 뭐라고 했어?"

사회 선생님은 기분이 몹시 상했다는 걸 얼굴 전체에 노골적으로 드러내고 있었다. 나는 선생님의 얼굴에서 어서 사과해, 사과하면 모른 척 넘어가 줄게, 이런 표정을 읽었다. 그것이 선생님 체면도 살리고 학생 입장도 배려하는 적절한 조치가 될 것이었다. 뱁새가 어떻게 나올지 궁금했다. 나는 고개를 돌려 그를 똑바로 바라보았다. 뱁새는 약간 기가 눌린 표정이었다. 잘난 척하려다가 우발적으로 말이 튀어나왔는데 어떻게 수습해야 좋을지 모르는 것 같았다. 그는 잠시 우물쭈물하더니 나와 눈이 마주치자 갑자기 표정이 결연해졌다.

"그딴 식으로 얼렁뚱땅 넘어가지 말고 수업 똑바로 잘 하시라구요!"

뱁새의 입에서 튀어나온 말은 잘못 쏜 화살이었다. 폼만 잡으려고 했는데 실수로 시위를 떠난 화살. 그 화살은 제발 비켜 갔으면 하고 바란 곳에 명중하고 말았다. 사회 선생님의 얼굴이 쥐어짠 듯이 일그러졌다. 어떤 사고는 만회할 기회가 여러 차례 있다. 하지만 어떤 사고는 단 한 번뿐이다. 뱁새는 그 기회를 놓쳤다. 선생님은 곧바로 손목 시계를 풀었다.

"나와, 이 새끼야!"

조금 전까지 기세등등했던 뱁새는 금세 주눅이 들었다. 한 치 앞을 내다보지 못하고 경거망동을 한 그는 고개를 숙이고 천천히 걸어 나갔다. 그 사이에 사회 선생님은 얼마나 화가 났는지를 미리 알려 주겠다는 듯이 이를 갈며 말했다.

"내가 그 힘든 서울대 나와서 너 같은 새끼한테 그런 소리 들으려고 교단에 선 줄 알아? 너 이 새끼, 오늘 아주 잘 걸렸다."

뱁새가 교단 앞에 서는가 싶더니 퍽 소리와 함께 맥없이 나가떨어졌다. 사회 선생님은 쓰러진 뱁새를 일으켜 세우더니 반대쪽 주먹으로 그의 뺨을 후려쳤다. 몇 차례 양쪽 뺨을 번갈아 맞는 동안 그의 입술이 터지고 코에서도 피가 흘렀다. 앞자리에 앉은 아이들의 입에서 비명이 터져 나왔다. 거의 같은 순간 뒷자리의 아이 하나가 고함을 치면서 앞으로 튀어 나갔다.

"지금 뭐하시는 겁니까?"

그 뒤를 이어 몇몇 아이들이 우르르 몰려 나갔다. 아이들은 사회 선생님한테 달려들기라도 할 것처럼 주먹을 쥐고 있었다. 뒤에서는 아이들의 웅성거리는 소리가 들렸다.

"이래도 되는 거야?"

"아이 씨, 애를 죽일 생각이야, 뭐야."

"지가 선생이면 다야?"

삽시간에 벌어진 일이었다. 사회 선생님은 예상하지 못한 분위기에 움찔했다. 달려 나간 아이들 중 일부는 뱁새를 에워쌌고 일부는 선생님을 가로막았다. 여차하면 선생님을 두들겨 팰 기세였다.

"어서 양호실로 데려가라. 생각해 보니 내가 좀 심했다. 오늘 수업은 자습으로 대체한다."

사회 선생님은 교탁 위에 벗어 놓은 시계를 차더니 교과서와 출석부를 챙겨 교실 밖으로 나갔다. 뱁새도 덩치 큰 아이들의 부축을 받으며 교실을 빠져나갔다. 아이들이 더 큰 소리로 웅성거리기 시작했다.

"야, 신고해."

"저런 인간이 어떻게 선생질을 할 수 있지?"

"야야, 저런 놈은 몰아내야 돼."

적극적으로 설쳐 대는 아이들은 일부였다. 대부분은 잠자코 있었다. 나도 그중 하나였다. 사회 선생님이 뱁새를 후려칠 때 뜨거운 것이 울컥 치밀어 오르기는 했다. 그것이 곧 가라앉은 건 두들겨 맞는 아이가 뱁새였기 때문인지도 몰랐다. 내 눈에는 둘 다 한심해 보였다. 뱁새는 주제넘게 나섰고 사회 선생님은 지나치게 오버한 것이었다.

"족제비도 별 거 아니네. 대차게 밀어붙일 줄 알았는데 너무 쉽게 꼬리 내리잖아."

옆자리의 왕눈이가 혼잣말처럼 중얼거렸다. 괜찮은 구경거리를 놓친 게 아쉽다는 듯. 뒷자리의 아이가 맞장구를 쳤다. 그도 1학년 때 같은 반이었는데 하도 소문을 잘 전하고 입이 싸서 촉새라는 별명을 갖고 있었다.

"거기다 애들한테 맞을까 봐 줄행랑치는 꼬락서니 좀 봐라. 이제 족제비 체면 다 구겼다. 앞으로 우리 앞에서 어떻게 똥폼 잡을지 참 기대된다."

아이들이 동의한다는 듯 와르르 웃었다. 아이들이 그런 반응을 보이는 데는 이유가 있었다. 사회 선생님은 평소에 입버릇처럼 이렇게 말했다.

"공부 잘하면 다 용서가 돼. 내가 너희들 앞에서 큰소리 탕탕 치는 것도 서울대 출신이라 가능한 거야. 서울대 갈 실력 안 되면 내 앞에서 다 기가 죽잖아. 교장 선생님도 나 못 건드려. 이 학교에 서울대 나온 선생 있다는 게 자랑거리거든. 그러니까 너희들도 죽어라고 공부해서 서울대 가. 그래서 나처럼 멋대로 하면서 폼나게 살란 말야!"

그 폼이 한순간에 망가져 버렸다. 조금 전 이 교실에서 벌어졌던 일은 곧 학교 전체에 다 퍼질 것이다. 열다섯 살 아이들은 그랬다. 평소와 다른 일을 보게 되면 그걸 말하고 싶어서 안달을 냈다. 그렇게 온 학교 아이들이 다 알고 나면 초등학교 동창들이 다니는 다른 중학교로 퍼져 나가는 것도 시간문제다. 그 후에는 다른 학교 선생님들도 알게 될 것이고. 그런 상황에서도 사회 선생님이 예전처럼 큰소리를 치고 다닐지 궁금했다.

"야, 근데 족제비가 가만 있겠냐? 아무리 '족제비노 낯짝이 있다'고 하지만 우리 족제비는 양심이라곤 없잖아. 악랄하게 보복하는 거 아닐까?"

그렇게 말한 아이는 뱁새와 나란히 앉은 짝이었다. 그 말에 반아이들의 표정은 둘로 나뉘었다. 그럴 리가 없다는 쪽과 그럴지도 모른다는 쪽으로. 그럴 리가 없다는 쪽은 고개를 흔들거나 비웃는 듯한 표정을 지었다. 그럴지도 모른다는 쪽은 고개를 끄덕이거나 얼굴에 걱정스럽다는 기색을 드러냈다. 나는 그럴지도 모른다는 쪽이었다. 언젠가 사회 선생님이 했던 말이 떠올랐다.

"머리 좋은 사람들은 안 건드리는 게 좋아. 반드시 보복하거든. 나도 마찬가지야. 나한테 잘해 준 건 잊어버려도 잘못한 건 절대 안 잊어버려. 온갖 궁리를 다 해서 나중에 몇 배로 되갚아 주지. 그걸 아니까 나한테 함부로 못 하는 거야. 너희들도 조심해."

나는 선생님이 학생들에게 그런 말을 한다는 것 자체가 좀 웃겼다. 한 귀로 듣고 한 귀로 흘려 버린 그 말이 현실로 다가오자 갑자기 궁금해졌다. 정말로 뱁새에게 보복을 할 건지. 한다면 어떤 식이 될지.

"선생이 학생을 상대로 보복을 한다는 게 말이 되냐? 그리고 설사 족제비가 보복을 해도 아까 걔한테 하겠지 우리한테 하겠냐? 그러니까 그만 신경 꺼."

누군가가 그렇게 말하자 아이들은 기다렸다는 듯이 각자 흩어졌다. 제자리로 돌아간 아이들은 말 그대로 자습을 했다. 시험시간인 것처럼 조용했다. 나는 신기해서 몇 번이나 교실 안을 휘둘러보았다. 반 편성을 새로 하기 전에는 자습 시간에 떠드는 아이들이 4분의 1 정도는 되었다. 그 정도 인원이 떠들면 나머지 아이들은 공부에 집중하기 힘들었다. 같이 떠들거나 공부가 아닌 다른 것을 하며 시간을 보내야 했다.

'반 편성을 새로 하니까 이런 효과가 있구나.'

나는 교실을 둘러보면서 생각했다. 다들 책상 위에 펼쳐 놓은 책에 코를 박고 있었다. 분위기에 떠밀려서 나도 책을 펼쳐 들 수밖에 없었다. 하지만 나는 곧 책을 덮었다.

'곧 집을 나갈 텐데 공부는 해서 뭘 해.'

가출을 결심하기 전까지만 해도 좋은 성적을 유지하는 게 당연하다고 믿었다. 그래야 좋은 고등학교에 진학할 수 있고 그것이 곧 좋은 대학에 가는 교두보를 확보하는 것이라고 귀가 따갑게 들어왔기 때문이었다. 남이 만들어서 심어 준 것이지만 어쨌든 그것은 내 앞에 놓인 희망이었다. 가출을 생각하는 순간부터 그 희망은 사라졌다. 희망이 사라지니까 의욕도 함께 사라졌다.

옆과 뒤를 돌아보았지만 옆자리의 왕눈이도 뒷자리의 촉새도 나를 거들떠보지도 않았다. 마치 시험 직전에 초치기라도 하는 것처럼. 공부를 포기한 상태에서 공부하는 아이들 사이에 앉아 있으니까 지루하고 심심했다. 이럴 때 깡통이라도 곁에 있으면 시답잖은 장난이라도 칠 텐데, 하는 생각이 들었다. 공부 안 하는 아이들의 심정을 알 것 같았다. 나는 몸을 비비 꼬고 하품을 하면서 자습 시간을 보냈다.

생물 선생님은 교실에 들어오자마자 빙글빙글 웃었다. 우리는 그 웃음이 무엇을 뜻하는지 몰라서 서로를 쳐다보았다. 넌 혹시 알아? 하는 표정을 지으면서.

"너희들 첫날부터 사고 쳤다면서? 똑똑한 놈들이 왜 그런 행동을 했어? 그래 봤자 너희들 손해야, 이놈들아. 선생님한테 잘 보여서 한 자라도 더 배워야지."

우리들은 다시 서로를 쳐다보았다. 벌써 그 얘기가 교무실에 퍼졌단 말이야? 하는 표정을 지으면서.

"사회 선생님이 먼저 잘못하신 거예요. 배운 진도가 다 다른데 선생님 마음대로 적당한 진도를 정해서 수업을 시작한다는 게 말이 안 되잖아요."

뒤에서 누군가 소리쳤다. 생물 선생님은 잠시 놀라는 표정을 짓더니 다시 빙글빙글 웃는 얼굴로 돌아갔다.

"그러면 다른 방법으로 말씀 드렸어야지. 눈을 부릅뜨면서 수업 똑바로 하라고 대드는 건 좀 아니지. 그건 생각 안 하고 사는 애들이 하는 짓이잖아. 너희처럼 영리한 애들은 더 지능적으로 대처했어야지."

그 말이 풍기는 뉘앙스가 묘했다. 사회 선생님한테 대든 게 잘못됐다기보다는 대든 방법에 문제가 있었다고 말하는 것 같았다. 머리를 써서 꼼짝 못하게 했어야지 그렇게 어설프게 해서 되겠냐. 대충 이런 뜻으로 들렸다. 그것을 느끼는 것과 거의 동시에 내 머릿속에는 깡통이 했던 말이 떠올랐다.

"야야, 족제비랑 백여우랑 오랑우탄이 삼각관계인 거 알아? 백여우를 놓고 족제비랑 오랑우탄의 신경전이 치열하대."

백여우는 국어 선생님, 오랑우탄은 생물 선생님의 별명이었다. 나는 그럴 리가 없다고 생각했다. 내 생각을 입 밖으로 말한 건 송곳이었다.

"족제비는 유부남인데 무슨 삼각관계야? 오랑우탄이 사귀자고 집적거리니까 백여우가 족제비한테 좀 막아 달라고 그랬다던데."

그 말에 깡통이 펄쩍 뛰었다.

"그게 아니라 족제비가 먼저 자기가 막아 주겠다고 하면서 백여우한테 껄떡거린 거래. 오랑우탄은 백여우한테 족제비 수작에 넘어가지 말라고 정신 차리라고 했대. 걔들 장난 아냐."

이번에는 송곳이 발끈했다.

"그게 정말이야? 백여우는 내 건데, 누구든 건드리면 가만 안 둔다고 그래."

그 말에 깡통은 어처구니없다는 표정을 지었다. 중학교 2학년짜리가 선생님을 '내 거'라고 말해서가 아니었다. '자기 거'를 송곳이 '내 거'라고 말한 게 못마땅해서였다.

열다섯 살짜리 남자애들은 이렇게 엉뚱한 데가 있다. 별 관련이 없는 여자를 서로 '자기 거'라고 우기다가 싸움이 벌어지기도 한다. 깡통이 송곳과 싸우지 않는 이유는 이길 자신이 없기 때문이다. 그럴 때는 결정적인 순간에 여자가 자기를 선택할 것이라고 믿는 수밖에 없다. 나는 그런 깡통을 한심하다거나 불쌍하다고 여기지 않았다. 그는 상식적으로 이해가 안 되는 말과 행동을 할 때 가장 행복해 보였다. 아무리 친구 사이지만 나에게 그런 행복을 빼앗을 권리는 없다.

깡통의 말이 사실이라면, 생물 선생님은 사회 선생님에게 일어난 일을 고소해하고 있을 것이다. 나는 생물 선생님의 행동이 너무 졸렬하다고 생각했다. 뒷자리에 앉은 촉새가 나섰다.

"저희가 알아야 얼마나 안다고 지능적으로 대처하겠습니까? 선생님이 늘 말씀하셨잖아요. 저희들의 뇌는 전두엽은 발달하지 않고 측두엽만 발달한 위험한 뇌라고. 그런 뇌로는 충동이 시키는 것밖에 하지 못한다면서요. 그러니까 어떻게 해야 하는지 선생님이 좀 알려주세요."

그 말에 몇몇 아이들이 동조하고 나섰다. 나는 선생님의 반응이 궁금했다. 촉새가 지적한 대로 생물 선생님은 툭하면 우리의 뇌에 대해서 말했다. 뇌는 사춘기 때 폭발적으로 발달하는데 공격이나 두려움에 민감하게 반응하는 변연계부터 형성된다고. 그래서 어른들과 아이들은 기본적으로 말이 안 통하게되어 있다고.

"그게 무슨 말이냐 하면…… 어른은 전두엽으로 말하는데 아이들은 측두엽으로 받아들인다는 거야. 어른이 이건 이렇고 저건 저렇고 하면서 설명하는 건 전두엽에서 내린 결정을 말로 전하는 거거든. 그런데 전두엽이 제대로 형성되지 않은 아이들은 그 말을 똑같은 뜻으로 이해하지 못하고 측두엽 안의 변연계의 반응으로 '앗! 공격이다~.' 하고 받아들인다는 거지. 그래서 어른들은 아이들을 위해서 말하는데 아이들은 간섭하고 통제한다고 느껴서 피하거나 대드는 거야."

생물 선생님 말씀대로라면 우리는 말귀조차 제대로 못 알아듣는 덜 떨어진 인간이라는 것이었다.

"전두엽이 제대로 활성화되려면 20대 후반이 돼야 돼. 그걸 제일 잘 아는 데가 보험 회사야. 자동차 보험 들 때 스물여섯 살이 넘으면 보험료가 확 내려가거든. 그러니까 너희들은 선생님 말씀 귀담아듣고 무조건 잘 따르도록 해. 그래야 전두엽이 더 빨리 활성화된단 말이다, 이놈들아."

여기까지가 생물 선생님이 평소에 자주 들려주는 내용이었다. 그렇다면 우리는 선생님한테 대들어서는 안 되는 것이었다. 더 지능적으로 대처했어야 했다는 말도 평소의 논리와는 거리가 먼 주장이었다. 그 차이 때문에 아이들이 혼란을 느꼈을 가능성이 많았다. 어떻게 해야 하는지 알려 달라는 것도 자연스럽게 나올 수 있는 반응인 것 같았다.

"이놈들 보게. 알려 주긴 뭘 알려 줘? 사회 선생님이 조금 심하게 하셨더라도 너희가 머리를 써서 예의바르게 행동했어야 옳았다고 한 말인데. 누가 들으면 오해하겠다, 그렇지 영호야?"

생물 선생님이 느닷없이 내 동의를 구하는 바람에 나는 깜짝 놀랐다. 아이들의 시선이 내게로 날아와 꽂혔다. 그때서야 나는 빙글빙글 웃고 있었다는 사실을 깨달았다. 생물 선생님은 내가 당신과 같은 생각으로 웃고 있다고 여기는 것 같았다. 나는 그 사실이 더 웃겼다. 하지만 내가 선생님을 비웃고 있다는 인상을 주지 않으려고 큰소리로 대답했다.

"지당하고 합당하신 말씀입니다!"

"좋다. 그럼 영호가 너희들을 대표해서 대답한 걸로 알고 수업 시작하자."

　나를 걸고넘어진 선생님은 난처하게 몰릴 수도 있는 상황을 잘 빠져나갔다. 아이들도 더 이상 묻지 않고 관심을 접었다. 하지만 생물 선생님은 우리들 앞에서 표 안 나게 사회 선생님을 한 방 먹인 셈이다. 지능적으로 대처하는 게 어떤 것일까, 하는 생각을 하면서 그 일을 머릿속에 한 번 더 각인시켰으니까. 억울하다고 느끼는 사람은 사소한 복수에도 즐거워한다. 생물 선생님을 보면서 든 생각이었다.

저놈들이랑
어울리지 마라

만화방에서 만화를 보고 있는데 꽹과리가 헐레벌떡 뛰어 들어왔다. 그는 송곳의 똘마니 중 한 명이었다. 꽹과리는 평소에 하도 시끄럽다고 해서 송곳이 붙여 준 별명이었다.

"지금 장사중학교 애들이 우리 애들을 조지고 있어."

송곳은 만화책을 집어던지더니 그 자리에서 튕기듯 일어났다. 그의 친구들도 재빨리 자리를 털고 일어섰다. 마치 그 소식을 기다리고 있었던 것처럼. 나도 엉겁결에 몸을 일으켰다. 송곳이 내 어깨를 잡아서 다시 주저앉혔다.

"넌 빠져. 네가 갈 데가 아냐."

어쩌면 그 말 때문이었는지도 몰랐다. 내가 서둘러 가방을 챙겨 든 것은. 그 순간, 내가 못 갈 데가 어디야, 하는 생각이 들었던 것 같다. 송곳이 앞장섰기 때문에 그는 내가 뒤에 따라붙었

15세

다는 사실을 몰랐을 것이다.

우리가 한달음에 달려간 곳은 오랫동안 방치된 공사장이었다. 그곳에서 장사중학교 아이들은 무릎을 꿇고 있는 천하중학교 아이들을 향해 발길질을 해 대고 있었다. 장사중학교 아이들이 천하중학교 아이들보다 세 배는 더 많아 보였다. 송곳은 표범처럼 달려들더니 맨 앞의 아이부터 걷어찼다. 그 아이는 비명을 지르며 고꾸라졌다. 그걸 신호로 뒤따라가던 송곳의 친구들이 장사중학교 아이들을 덮쳤다. 무릎 꿇고 있던 아이들까지 합세해서 치고받는 육탄전이 벌어졌다.

멋모르고 뒤따라갔던 나는 입을 벌린 채 멍하니 서 있었다. 말로만 들었던 패싸움이었다. 돌아서서 도망치고 싶었지만 겁이 나서 몸을 움직일 수가 없었다. 우물쭈물하고 있는데 눈앞에서 불이 번쩍하면서 턱이 빠지는 듯한 통증이 느껴졌다. 뒤이어 배를 심하게 걷어차여서 숨이 턱 멎는 것 같았다. 내 입에서 저절로 욕이 튀어나왔다.

눈을 부릅뜨고 주먹을 움켜쥐는데 그 녀석이 또다시 발등으로 내 등짝을 찍어 눌렀다. 나는 몸을 옆으로 굴려서 일단 녀석의 사정거리에서 벗어났다. 그런 다음 몸을 일으키면서 주먹을 날렸다. 하지만 잽싸게 몸을 피한 녀석 때문에 내 몸만 심하게 휘청거렸다. 이번에는 녀석의 발길이 옆구리를 강타했다. 나는 맥없이 쓰러졌다. 뒤이어 녀석이 나를 올라타더니 그대로 얼굴에 주먹질을 해 댔다. 얼굴이 다 찢어지는 느낌이었다. 입안에서 피비린내가 풍겼다.

나는 소리를 지르며 녀석을 밀쳐 냈는데 방심하고 있었던지 녀석이 홀러덩 뒤로 나가떨어졌다. 때를 놓치지 않고 그 위로 덮치면서 주먹을 뻗었다. 녀석의 입술이 터지면서 피가 튀었다. 피를 보는 순간 야릇한 흥분이 느껴졌다. 이상한 광기 같기도 하고 갑작스러운 목마름 같기도 했다. 나는 녀석의 얼굴을 향해 두 주먹을 번갈아 날렸다.

내가 주먹을 몇 차례 내뻗기도 전에 또 다른 녀석이 나를 걷어 찼다. 가슴 한복판에 발길질을 당한 나는 다시 나뒹굴었다. 뒤이어 여러 개의 발이 내 몸을 짓밟았다. 단 한 번도 그렇게 맞아 본 적이 없는데도 나는 본능적으로 배를 바닥에 깔고 몸을 웅크렸다. 잠시 후 "야, 여기! 여기!" 하는 고함 소리가 나더니 발길질이 멈췄다. 천하중학교 아이들이 몰려와서 나를 구한 것 같았다.

뒤이어 "경찰이다, 어서 튀어." 하는 외침과 함께 다급하게 달아나는 소리가 들렸다. 나는 몸을 일으킬 수가 없었다. 할딱거리면서 숨도 겨우 쉬고 있었다. 누군가 나를 잡고 일으키며 부축했다.

"야, 걸을 수 있겠어?"

목소리를 듣고 나서야 그가 송곳이라는 걸 알았다. 나는 고개를 저으며 겨우 입을 벌려 말했다.

"너나 어서 도망가."

그는 나를 부축한 손길을 풀지 않았다. 오히려 더 단단히 붙잡았다.

"나한테 몸을 완전히 기대고 발을 조금씩 움직여 봐."

송곳이 나를 둘러메듯이 부축했기 때문에 걸음을 옮기는 데 훨씬 힘이 덜 들었다. 하지만 우리가 몇 걸음 떼기도 전에 경찰이 들이닥쳤다. 아이들 중 일부는 도망가고 없었다. 송곳은 나 때문에 붙잡힌 것이었다. 그때서야 송곳의 말을 듣지 않은 걸 후회했다. 그는 원망의 말 한마디 하지 않고 파출소까지 나를 부축했다. 나는 너무 미안해서 미안하다는 말도 못 했다.

파출소 안에서도 천하중학교 아이들과 장사중학교 아이들은 서로 잡아먹을 듯이 으르렁거렸다. 파출소장이 고함을 지르면서 제일 설쳐 대는 두 아이의 뺨을 후려치고 나서야 잠잠해졌다. 아이들을 학교별로 양쪽으로 나누어 앉게 한 다음 경찰 중 한 명이 물었다.

"왜 싸운 거야? 너부터 말해 봐."

경찰이 턱으로 가리킨 아이는 송곳이었다. 잡혀 온 아이들의 얼굴이 저마다 붓거나 터졌는데 그중에서 송곳이 그나마 깨끗한 편이었다. 싸움을 잘하는 아이라 별로 맞지도 않은 것 같았다.

"우리 학교 애들이 맞고 있다고 해서 달려간 겁니다."

송곳의 말에 경찰이 어처구니없다는 표정을 지었다.

"네가 뭔데?"

송곳이 대답을 하지 않자 옆에 있던 꽹과리가 대신 대답했다.

"우리 학교 2학년 짱입니다."

그 말에 경찰이 킥킥대며 웃었다. 얼굴 가득 한심하다는 표정을 지으면서.

"짱이라고? 그래서 너희 학교 애들 맞고 있는데 짱이 가만 있을 수 없어서 애들 구해 주러 갔다고?"

"네."

이번에도 꽹과리가 대답했다. 그의 표정은 송곳을 자랑스러워하는 것처럼 보였다. 나는 송곳이 싸움은 잘하지만 나쁜 아이는 아니라는 걸 알고 있었다. 그렇다고 멋있어 보인 적은 없었다. 하지만 오늘은 좀 달랐다. 송곳에게 그런 의리가 있는 줄 처음 알았다.

"그럼 너희들은? 너희들은 왜 얘네 학교 애들 때린 거야?"

경찰은 이번에는 장사중학교 아이들을 향해 물었다. 서로 눈치를 보다가 그중 제일 덩치 큰 아이가 대답했다.

"얼마 전에 우리 학교 애들이 쟤네 학교 애들한테 맞았다고 해서요."

경찰이 또 다시 킥킥대며 웃었다. 얼굴 가득 한심하다는 표정을 지으면서.

"그래서? 너희 학교 애들 맞았다는 말 듣고 복수해 주러 간 거야?"

"네."

그렇게 대답한 아이의 얼굴에서도 자랑스러워하는 기색이 느껴졌다. 반대로 경찰의 얼굴에는 가소롭다는 표정이 떠올랐다.

"이거 아주 웃기는 녀석들이네. 그러니까 뭐야, 너희들은 서로 아무 감정도 없는데 다른 애들 때문에 괜히 싸웠다는 거 아냐. 이렇게 붓고 터지고 하면서. 도대체 이 녀석들 머릿속에 뭐가 들어 있는 거지?"

경찰은 오른손 주먹을 쥐더니 아이들의 머리를 한 대씩 쥐어박았다. 아이들은 피하지도 않았고 아프다는 표현도 하지 않았다.

"너희들은 이러는 게 멋있어 보이는지 모르지만 하나도 안 그래, 이놈들아. 그러니까 앞으로 이런 미련한 짓들 절대 하지 마. 학교에 연락했으니까 벌은 학교에 가서 받고."

그 말이 끝나자마자 송곳이 벌떡 일어섰다. 어찌나 힘차게 일어났는지 경찰한테 대드는 줄 알았다.

"부탁이 있습니다, 경찰 아저씨. 벌은 저희들만 받겠습니다. 얘는 지금 돌려보내 주세요."

송곳이 검지로 가리키는 아이는 바로 나였다. 나는 송곳이 왜 그러는지 몰라서 어안이 벙벙했다. 다른 아이들도 영문을 알 수 없다는 표정이었다. 가장 이해할 수 없다는 표정을 지은 사람은 우리 앞에 앉아 있는 경찰이었다.

"어쭈, 이 건방진 녀석 봐라. 네가 뭔데 보내라 마라야."

"얘는 아무 잘못도 없습니다. 우리가 싸우러 가는데 영문도 모르고 따라와서 당한 겁니다. 그러니까 선생님들 오시기 전에 돌려보내 주세요."

나는 또 한 번 놀랐다. 이대로 학교로 넘겨지면 최소한 유기 정학일 것이었다. 나는 그것을 걱정하고 있었다. 내가 내 걱정만 하고 있는 동안 송곳은 내 걱정을 하고 있었다니. 나는 갑자기 부끄러워졌다. 경찰이 언성을 높였다.

"야, 이 녀석아. 너도 다른 애들이 맞는다고 해서 싸우러 갔고 얘도 너를 따라갔다면 다 똑같은 거 아냐. 그런데 왜 얘는 돌려보내야 된다는 거야?"

"저희는 좀 싸워 봤지만 얘는 그런 쪽하고는 거리가 멉니다.

괜히 잘못 따라왔다가 얻어터지기만 한 겁니다. 제발 돌려보내 주십시오."

송곳의 표정이 너무나 진지했다. 경찰이 송곳의 말대로 할 것 같지도 않았지만, 그렇게 한다고 해도 그건 아주 쪽팔리는 일이라는 생각이 들었다. 나는 얼른 손을 내저었다.

"아닙니다. 저도 이 아이들하고 똑같이 벌을 받겠습니다."

내 말이 끝나자마자 안쪽에서 딴전을 피우며 앉아 있던 파출소장이 버럭 소리를 질렀다.

"이것들이 아주 꼴값을 떠는구나. 너희들이 무슨 의리로 뭉친 조폭이야? 놀고들 있네, 놀고들 있어."

그때였다. 송곳이 파출소장을 향해 소리를 질렀다.

"그래, 놀고 있다. 그럼 그냥 놀게 냅두면 될 거 아냐. 그리고 우리가 뭘 그렇게 잘못했어? 같은 학교 애들이 맞고 있어서 구해 주러 간 건데, 그게 그렇게 잘못된 거야?"

경찰이 달려들어서 뺨을 후려치는 바람에 송곳의 말은 거기서 멈췄다. 뺨을 맞고 쿠당탕 넘어졌던 송곳이 발딱 일어나더니 맹수처럼 경찰에게 달려들었다. 그러자 다른 경찰 둘이 뛰어나오며 송곳을 걷어찼고 그것을 본 아이들이 우르르 경찰을 향해 덤볐다.

경찰에게 덤빈 건 천하중학교 아이들만이 아니었다. 상사중학교 아이들도 포함되어 있었다. 조금 전까지 치고받고 싸운 사이지만 송곳이 경찰에게 당하니까 반사적으로 편을 들고 나선 것이었다. 경찰과 아이들이 한데 뒤엉켜서 파출소 안은 아수라장이 되고 말았다. 파출소장과 다른 경찰들이 곤봉을 꺼내 들고 아이들을 마구 후려쳤다. 아이들이 비명을 지르며 하나씩 나가떨어졌다. 송곳이 제일 마지막까지 대들었다.

파출소장은 아이들 모두에게 무릎을 꿇으라고 했다. 무릎을 꿇은 상태에서도 송곳은 씩씩거리며 파출소장을 노려보았다. 눈에서 불길이 타오르는 것처럼 이글거렸다. 나는 송곳이 무슨 짓을 저지를지 몰라서 걱정이 되었다. 생물 선생님 말씀대로 그의 뇌는 그 순간 충동만으로 작동하는 것 같았다. 송곳이 튕겨져 나가서 파출소장의 목이라도 조를까 봐 나는 그의 팔을 잡았다. 그의 온몸이 부들부들 떨렸다. 나는 선생님들이 파출소 문을 열고 들어설 때까지 송곳의 팔을 붙들고 있었다.

몇 시간 뒤, 나와 송곳을 포함해서 파출소에 잡혀갔던 아이들이 똑같은 자세로 교무실에서 무릎을 꿇었다. 선생님들은 송곳과 그의 똘마니들을 보고는 "이 녀석들 또 사고 쳤군." 하면서 머리를 한 대씩 쥐어박고 지나갔다. 그러다 나를 보고는 화들짝 놀랐다.

"아니, 네가 왜 여기 있냐?"

선생님들은 모두 그렇게 물어보았다. 나는 그 아이들과 같이 있으면 안 되는 아이였다. 적어도 선생님들 생각은 그랬다. 전교 부회장이 주먹질하는 사고뭉치들이랑 같이 잡혀 와 있는 건 어울리지 않았다. 선생님들에게 송곳과 나는 우열반을 나누듯이 갈라놓아야 할 대상이었다.

실제로 우리는 친하게 지냈다. 그 이유는 그가 먼저 나를 좋아하고 잘 대해 주었기 때문이었다. 나는 주먹질하는 아이들을 싫어했지만 송곳은 예외였다. 그는 성격이 불같고 뭐든지 제멋대로였다. 사실은 나에게도 그런 기질이 있었다. 나는 감추고 있었고 송곳은 감추지 못할 뿐이었다. 누가 더 나쁘냐고 따져 묻는다면, 나는 내가 더 나쁘다고 대답할 것 같았다. 나에게는 음흉한 데가 있었지만 송곳에게는 그런 부분이 없었다. 하지만 모두들 송곳을 나쁜 아이로만 보았다. 그가 싸움을 잘한다는 이유로. 그가 자신의 속마음을 감추지 못한다는 이유로.

"싸우다가 잡혀 온 겁니다."

내 대답에 선생님들은 더 놀랐다. 네가 싸움을 해? 이런 표정을 지으면서. 싸움은 저런 아이들이나 하는 거지. 이런 표정도 그 안에 숨어 있는 것 같았다. 나도 내가 싸움하고는 전혀 상관이 없는 줄 알았다. 막상 싸워 보니 생각지도 못 했던 짜릿한 연이 있었다. 맞을 때는 고통을 느끼고 때릴 때는 희열을 느꼈다. 그게 살아 있는 느낌으로 전해져 왔다. 새엄마에게 일방적으로 맞을 때와는 전혀 달랐다. 내 안에 싸움 본능 같은 게 숨어 있는지도 모른다는 생각마저 들었다. 싸움질하는 아이들의 심정이 조금은 이해가 되었다.

우리를 파출소에서 데려온 체육 선생님은 교감 선생님과 오랫동안 이야기를 나눴다. 우리를 어떻게 처리해야 할지 의논하는 것처럼 보였다. 이야기 도중에 우리 쪽으로 여러 차례 눈길을 준 걸로 봐서는 나 때문에 결론을 쉽게 내리지 못한다는 생각이 들었다. 다른 아이들은 싸움질로 여러 차례 징계를 받은 적이 있었다. 나는 겉으로는 단 한 번도 말썽을 피운 적이 없는 모범생이고, 2학년을 대표하는 전교 부회장이었다. 나에게 다른 아이들과 똑같이 벌을 주기도 애매하고 나 때문에 다른 아이들에게 가벼운 벌을 주는 것도 형평성에 맞지 않을 것이었다. 내 예상은 적중했다.

교감 선생님과 이야기를 마친 체육 선생님이 우리 쪽으로 천천히 걸어왔다. 무릎이 아파서 잠시 다리를 옆으로 꼬고 있던 아이들이 얼른 자세를 고쳤다. 선생님은 우리들과 조금 떨어진 자리에 앉더니 손짓으로 나를 불렀다.

"저놈들 싸우는 데 네가 왜 끼어든 거야?"

아이들에게 들리지 않게 하려고 선생님은 낮은 목소리로 물어보았다. 나도 목소리를 낮출 수밖에 없었다.

"그냥 같이 있다가 싸움이 벌어졌다고 해서 함께 우르르 달려간 겁니다."

"그러니까 이 녀석아, 네가 거길 왜 갔냐고?"

"우리 학교 아이들이 맞고 있는데 그거 말리러 간다고 해서 저도 모르게 그만……."

내 입에서 나온 건 거짓말이었다. 나는 송곳이 오지 말라고 했는데도 괜히 따라간 것이었다. 말을 해 놓고 나서도 내가 왜 사실대로 말하지 않았는지 알 수가 없었다.

"어휴, 이 답답한 녀석. 그런 일이 생기면 다른 아이들이 간다고 해도 말리고, 다른 방법으로 싸움 자체를 막아야 할 놈이 거기 끼어들면 어떡해."

"죄송합니다."

"너, 혹시 평소에 저놈들이랑 몰려다니는 거야?"

"그건 아닙니다."

"그럼 앞으로 저놈들이랑 절대 어울리지 마라."

"네?"

"못 알아들었어? 저놈들이랑 어울리지 말라고!"

교무실 구석에 무릎을 꿇고 있는 아이들은 나와 아무 상관이 없었다. 송곳하고만 친분이 있었다. 1학년 때 같은 반이었는데 송곳이 싸움을 잘하는지도 몰랐다. 밤길을 가다가 깡패들에게 잡혔을 때 송곳이 나타나서 나를 구해 준 적이 있었다. 송곳은 세 명을 단숨에 제압해서 쫓아 보내고는 내가 본 것을 다른 아이들에게 말하지 말라고 했다. 그 뒤부터 서로 아는 척하면서 지냈다. 그가 학년 짱이라는 말도 나중에 들었다.

2학년에 올라와서도 같은 반이 되자 조금 더 가까워졌다. 처음에는 주로 송곳이 먼저 말을 거는 편이었다. 언젠가부터 나도 그에게 관심을 보이기 시작했다. 그는 싸움 잘하는 보통 아이들하고는 좀 달랐다. 약한 아이들의 돈을 뺏거나 심부름 시키는 일 따위는 하지 않았다. 그는 정말 짱답게 행동했다. 담배를 피우고 술을 마시고 말투나 행동이 거친 건 좋아 보이지 않았지만 그것 때문에 나쁜 아이라고 할 수는 없었다. 내가 어울리지 않아야 할 아이라는 생각도 들지 않았다. 하지만 나는 선생님이 원하는 대답을 했다.

"알겠습니다."

내 대답을 들은 체육 선생님은 제자리로 돌아가라고 했다. 나는 아이들 사이로 돌아가서 다시 무릎을 꿇고 앉았다.

"우리 학교 아이들이 맞고 있어서 구하러 갔다는 건 개뻑다귀 같은 소리다. 그건 너희들이 나설 일이 아니야. 어른들에게 알려서 어른들이 해결해야 될 문제지. 어떤 경우에도 폭력은 안 된다. 그렇게 싸우고 싶으면 도장에 나가서 격투기 선수가 되란 말이야. 그럴 듯한 명분 내세워서 이런 순진한 아이까지 끌어들이지 말고. 영호랑 같이 잡히면 무슨 특혜라도 있을 줄 알았나?"

그 말에 나는 화들짝 놀랐다.

"선생님 그게 아니라⋯⋯."

"넌 가만 있어!"

선생님의 고함에 눌려서 나는 입을 다물었다. 아이들의 따가운 시선이 내게 날아와 꽂히는 게 느껴졌다.

'아아, 저 선생님은 어쩌면 저렇게 생각이 없을까.'

나는 벌을 받는 것보다 아이들의 오해가 더 신경 쓰였다.

"선택해라. 일주일 유기정학 먹을래, 아니면 스무 대씩 맞을래?"

"맞겠습니다."

체육 선생님의 말이 떨어지기가 무섭게 송곳이 대답했다. 뒤이어 다른 아이들도 복창하듯이 그 말을 따라 했다. 나는 선택의 여지가 없었다.

제일 먼저 송곳이 나가서 엎드려뻗쳐를 했다. 체육 선생님은 있는 힘껏 몽둥이를 휘둘렀다. 몽둥이가 엉덩이에 짝짝 달라붙는 소리가 났다. 그때마다 송곳의 비명이 터져 나왔다. 그 소리를 들으면서 나는 비로소 후회를 했다.

'송곳이 시키는 대로 따라가지 않았어야 해. 내가 주제넘게 나서는 바람에 이런 꼴이 된 거야.'

몽둥이가 엉덩이를 내려치는 소리와 아이들이 내는 비명소리가 바늘로 찔러 대는 것처럼 나를 괴롭혔다. 마침내 내 차례가 왔을 때 오히려 마음이 편안해졌다. 긴장이 풀어져서 그런지 몇 대 맞지도 않고 나는 정신을 잃고 말았다.

다른 사람
끌어들이지 말라고요

이튿날 등교하자마자 아이들이 나를 힐끔거리면서 수군거렸다. 내가 패싸움을 했다는 소문이 벌써 다 퍼진 것 같았다. 어제 매를 맞기 전 체육 선생님이 했던 말이 마음에 걸렸다. 그 말이 퍼져 나갔으면 송곳이 나를 이용했다는 식으로 소문이 날 수도 있었다. 어제 있었던 일이 알려지는 건 어쩔 수 없었다. 하지만 잘못된 소문은 막고 싶었다. 나는 먼저 송곳과 이야기를 해 봐야겠다고 생각했다. 송곳의 자리는 비어 있었다.

나는 아무나 붙잡고 무슨 말을 들었는지 물어보고 싶었다. 가장 가깝게는 옆자리 짝이 있었다. 막상 물어보려고 하니까 그게 뜻대로 되지 않았다. 입이 떨어지지 않아서 머뭇거리는데 깡통이 다가왔다. 깡통이 그렇게 반가웠던 적이 없었다.

"야, 어떻게 된 거야?"

성질 급한 깡통이 먼저 물었다. 나는 눈을 크게 뜨면서 양쪽 눈썹을 들어 올렸다. 예상대로 깡통은 자기가 들은 말을 늘어 놓기 시작했다.

"송곳 패거리가 패싸움하는 데 너도 같이 갔었다면서? 송곳이 너를 방패막이로 데려갔다는 게 사실이야?"

나도 모르게 얼굴이 찡그려졌다. 깡통은 내 표정을 잘못 읽은 것 같았다.

"그러게 왜 평소에 그런 애랑 어울려 다녔어? 네가 마음이 약해서 무리한 부탁도 거절 못하는 거 알고 걔가 그런 거잖아."

깡통이 나를 위로한답시고 한 말이었다. 나는 깡통이 이런 말도 할 줄 안다는 게 너무 신기했다. 하지만 그런 생각을 하고 있을 때가 아니었다. 우선 깡통의 입부터 막아야 했다.

"아냐, 그거 잘못 알려진 거야. 송곳은 나한테 오지 말라고 했어. 그런데 나도 모르게 그냥 따라간 거야."

나는 어제 체육 선생님한테 말한 것과는 다르게 말했다. '나도 모르게'라는 말에 잔뜩 힘을 넣어서. 내가 한 말이나 행동 중에 나도 모르게 하는 것들이 많았다. 나만 그런 게 아니었다. 내 또래 아이들 사이에서는 아주 흔한 일이었다. 무엇을 하기 전에 미리 생각하거나 따져 보는 것이 별로 없었다. 멋모르고 하고 나서 뒤늦게 그 사실을 깨닫는 경우가 허다했다. 그중 가장 흔한 일은 남이 하는 걸 그대로 따라하는 것이었다. 어제 내가 패싸움 대열에 끼어든 것도 마찬가지였다. 송곳이 달려나가는 걸 보고 무조건 따라나갔다. 송곳이 따라오지 말라고 했지만 그 말은 귀에 들어오지도 않았다. 머리로 생각해서 한 행동이 아니라 몸이 움직여서 한 행동이었다. 나도 모르게.

깡통은 믿지 않는 눈치였다. 우리 또래의 친구들은 생각이나 감정이 얼굴에 그대로 드러나는 편이다. 깡통처럼 단순한 아이들은 더 심하다. 나는 좀 더 설명할 필요를 느꼈다.

"정말이야. 송곳은 나한테 따라오지 말라고 했어. 그런데 애들이 우르르 몰려 나가니까 나도 그래야 할 것 같아서 뒤따라 간 거야. 무슨 일이 벌어졌는지 궁금하기도 하고."

나는 다른 아이들 들으라고 일부러 큰소리로 말했다. 어제 만화방에서는 궁금하다는 생각이 구체적으로 들지 않았다. 파출소에 잡혀 갔을 때도 체육 선생님한테 매를 맞을 때도 그런 생각은 해 보지 못했다. 조금 전까지도 그랬다. 깡통하고 이야기하면서 그 말이 불쑥 튀어나온 게 이상했다. 그 말을 하고 나니 궁금했던 것도 한 가지 이유가 된 것 같다는 생각이 들었다. 이번에도 깡통은 믿지 않았다. 깡통은 텅 비기만 한 게 아니라 꽉 막히기까지 했다.

"네가 왜 그렇게 말하는지 다 알아. 송곳을 친구라고 생각하고 감싸주려고 하지만 그럴수록 너만 손해야. 지금 네가 깡패들하고 한 패거리 됐다고 다들 수군거려. 그러다가 너 정말로 깡패들한테서 발 못 빼면 어쩌려고 그래?"

깡통의 목소리는 별로 크지 않았지만 조금 전 내가 큰소리로 말한 것 때문에 아이들의 시선이 우리 쪽으로 쏠려 있었다. 갑자기 깡통이 걱정되기 시작했다. 그의 말을 들은 누군가가 그 아이들에게 전한다면? 나는 여기서 더 이야기해서는 안 되겠다고 생각했다.

"알았어. 알았으니까 그만하고 나중에 얘기해. 너한테 따로 할 말도 있고."

나는 일부러 단호한 목소리를 냈다. 깡통은 무언가 더 말하려는 기색이었지만 내가 얼른 그를 돌려세웠다. 살짝 그의 등을 떠밀기까지 했다.

깡통이 돌아가자 내 자리에 몰려 있던 아이들의 시선도 흩어졌다. 나는 고개를 돌리는 아이들의 모습을 유심히 살폈다. 그들 중 누군가가 우리의 대화를 나쁜 쪽으로 옮기지 않기를 바라면서. 하지만 나의 바람대로 되지는 않았다.

아침 조회를 마친 뒤 담임 선생님은 나를 교무실 안의 회의실로 오라고 했다. 선생님은 내가 들어서자마자 노발대발했다. 담임이니까 이 정도 화는 내야 해, 하고 보여 주는 식이 아니었다. 정말로 화가 나서 어쩔 줄을 몰랐다.

"너, 제정신이야? 네가 어떻게 그런 짓을 할 수가 있어? 말도 안 돼. 아니야, 이건 아니야. 다른 애들이 다 그래도 넌 그럴 줄 몰랐어. 아니, 그래서는 안 되는 거였어. 어떻게 사람을 이렇게 배신할 수가 있니?"

나는 몹시 놀라고 당황했다. 담임은 화가 주체가 안 되는 것처럼 혼자 씩씩댔다. 나는 죄송하다는 말을 하긴 해야 할 것 같은데, 적절한 타이밍인지 아닌지 몰라서 눈치만 보고 있었다. 숨을 몰아쉬던 선생님은 조금 가라앉은 목소리로 말했다.

"왜 그런 바보짓을 했어? 지금 넌 멋모르고 한쪽 다리를 걸친 거야. 네가 잘못 디딘 곳은 늪이라고, 늪! 지금 바로 빠져나오지 않으면 넌 그 늪으로 영영 가라앉게 돼. 너, 정신 안 차리면 큰일 나, 이 녀석아!"

선생님은 내가 인생의 위험한 낭떠러지 앞에 서 있는 것처럼 말했다. 나는 그렇게 생각하지 않았다. 선생님이 지나치게 오버하고 있다고 느꼈다. 선생님이 내가 걱정돼서 그런다는 건 알고 있었다. 내 기준으로 봤을 때 그건 지나친 걱정이었다. 마음 같아서는 쓸데없는 걱정 하지 마시라고 말하고 싶었지만 그래서는 안 될 것 같았다.

"걱정 끼쳐 드려서 죄송합니다. 앞으로 조심하겠습니다."

나는 머리를 숙이며 최대한 예의를 갖추어서 공손하게 말했다. 그 한마디로 선생님의 생각이 달라질 거라고 보진 않았다. 비슷한 잔소리가 여러 차례 이어질 거라고 예상했다. 내 예상은 완전히 빗나가 버리고 말았다.

"이건 단순하게 죄송하다는 말로 넘어갈 문제가 아니야. 너도 나도 부모님도 다 함께 노력해서 상황이 악화되는 걸 막아야 해. 그러니까 내일 당장 어머님 모시고 와."

그 말 때문이었다. 어머니를 모시고 오라는 말. 나는 그 자리에서 꼭지가 돌아 버렸다.

"제가 잘못했으니까 그냥 저를 혼내고 두들겨 패면 되잖아요. 왜 다른 사람까지 끌어들이고 그래요?"

내가 생각해도 목소리가 너무 컸다. 그렇게 크게 소리 지를 생각은 아니었다. 내 입에서 나온 말도 작정하고 있었던 게 아니었다. 우발적으로 튀어나온 말 때문에 나는 몹시 당황했다. 담임은 나보다 더 당황한 것처럼 보였다.

그때 회의실 문이 벌컥 열리더니 생물 선생님이 들어왔다. 밖에서 내가 지른 고함 소리를 들은 것 같았다.

"무슨 일입니까? 괜찮습니까, 선생님?"

생물 선생님은 담임을 걱정했다. 내가 대들었다고 생각했는

15세

지 큰 눈알을 뒤룩거리며 나를 훑어보았다. 평소 같으면 자리에서 일어나 인사를 했을 것이다. 흥분을 가라앉히지 못한 나는 꼼짝도 않고 그 자리에 앉아 있었다. 생물 선생님이 다가와서 내 멱살을 잡아 일으켜 세웠다.

"너, 이 자식, 선생님한테 말버릇이 그게 뭐야? 학생 대표라는 놈이 더 모범을 보이지는 못할망정 선생님한테 소리를 지르고 대들어? 도대체 어디서 배운 버릇이야?"

생물 선생님은 나보다 더 큰 소리로 고함을 쳤다. 세 문장 모두 의문문의 형태를 띠고 있었지만 내 대답을 요구하는 질문은 아니었다. 내 눈에는 담임한테 잘 보이려는 제스처로밖에 보이지 않았다. 담임은 생물 선생님이 좋아하는 국어 선생님하고 친하니까. 그 상태에서 멈췄으면 나도 고개를 숙이고 얌전히 있었을 것이다. 생물 선생님은 담임한테 점수를 좀 땄다고 생각했는지 목청을 더 높였다.

"너희들 때는 뇌가 덜 성숙해서 충동에 휩쓸리기 쉬우니까 항상 조심하라고 했잖아. 그래서 선생님 말씀을 무조건 잘 들어야 한다고 얼마나 얘기했어. 말귀를 알아먹을 것 같은 놈들까지 왜 이렇게 천방지축으로 날뛰는 거야?"

그 말도 나를 위해서가 아니라 담임한테 보이기 위한 것처럼 들렸다. 제가 이런 것도 알고 있어요, 하는 식으로. 생물 선생님의 그런 모습이 한심하게 느껴졌다. 나는 평소에 하고 싶었지만 기회가 없어서 못한 말을 마침내 입에 올렸다.

"그렇게 뇌가 덜 자란 애들이라면 선생님들이 좀 더 배려해 주면 안 됩니까?"

"아니 이 자식이, 얻다 대고 말대꾸야!"

생물 선생님의 널따란 손바닥이 내 뺨을 후려쳤다. 어찌나 세게 쳤는지 내 몸이 휘청거리며 나가 떨어졌다.

"아악!"

따귀는 내가 맞았는데 담임이 비명을 질렀다. 나는 반사적으로 몸을 일으켰다. 잔뜩 움켜쥔 내 주먹이 부들부들 떨리고 있었다. 담임이 달려들어서 막아서지 않았다면 나는 생물 선생님을 향해 주먹을 뻗었을지도 몰랐다.

나는 아이들이 선생님에게 욕을 하거나 주먹질을 했다는 말을 들을 때마다 그런 놈들은 미친 자식들이라고 생각했었다. 그건 내가 그들이 처한 상황을 겪어 보지 못했기 때문이었다. 머리 꼭지가 돌아 버리니까 아무것도 눈에 보이지 않았다.

나는 담임을 밀어내려고 양쪽 팔에 힘을 주었다. 선생님은 위기감을 느꼈는지 생물 선생님을 향해 다급하게 말했다.

"선생님, 그만 나가 계세요. 필요하면 제가 도움을 요청할게요."

생물 선생님도 뭔가 위태로운 기운을 감지한 것일까. 그 말이 떨어지기가 무섭게 기다렸다는 듯이 회의실을 빠져나갔다. 내 팔에 잔뜩 들어가 있던 힘이 스르르 풀렸다. 본의 아니게 담임한테 기댄 듯 안긴 꼴이 되었다. 잠시 동안 그렇게 안고 있던 선생님이 천천히 몸을 떼어 내더니 두 손으로 내 팔을 잡은 채 나를 바라보았다.

"너, 이 녀석, 정말 안 되겠구나. 변해도 너무 변했어. 네가 이럴 줄 몰랐어."

입으로는 화를 내고 있는데 선생님의 두 눈에는 슬픈 기색이 담겨 있었다. 나는 그런 표정을 처음 보았다. 담임이 정말로 나를 걱정하고 있다는 게 절절하게 느껴졌다. 하지만 왜 그렇게 걱정을 해야 하는지 이해할 수가 없었다.

"그렇지만 아직 안 늦었어. 우리 포기하지 말고 다시 해 보자. 성격에 영향을 미치는 음식물 리스트도 있고 습관을 조절하는 프로그램 같은 것들도 있으니까 그런 것부터 해 보면 도움이 될 거야. 내가 어머님을 만나서……."

이 대목에서 나는 또 꼭지가 돌았다. 분명히 머릿속으로 그래서는 안 된다는 생각을 하고 있는데도 나는 다음 행동을 통제할 수가 없었다.

"아이, 참, 다른 사람 끌어들이지 말라니까 왜 자꾸 그래요,

왜!"

나는 내 두 팔을 움켜쥐고 있는 담임의 손을 뿌리쳤다. 그 안에 계속 있다가는 더 과격한 행동을 하게 될 것 같아서 나는 회의실 문을 박차고 뛰쳐나갔다.

"여보, 선생님한테 갖다 드릴 선물로 뭐가 좋을까요?"

새엄마가 아버지에게 물었다. 식구들이 식탁에 둘러앉아 저녁식사를 할 때였다. 식구들의 시선이 모두 새엄마에게로 향했다. 나는 담임이 집으로 전화를 했다는 사실을 직감했다. 나와 눈이 마주치자 새엄마가 슬쩍 미소를 지었다. 나는 혼란스러웠다.

"선생님한테는 갑자기 왜?"

아버지는 새엄마가 생략한 이야기를 궁금해했다. 철수도 영희도 아버지와 비슷한 표정을 지었다. 나는 입에 물고 있던 밥을 대충 씹어 꿀꺽 삼켜 버렸다.

"아니 그냥 한번 찾아 뵈려고요."

새엄마는 애매하게 대답했다. 그럴 경우 더 궁금해 진다는 걸 나도 알고 있었다. 새엄마가 모를 리 없었다. 예상대로 아버지의 목소리가 더 커졌다.

"그냥이 어딨어? 무슨 일로 누구네 선생님한테 간다는 거야?"

"아이 참, 이이는. 왜 큰소리를 내고 그래요? 꼭 무슨 일이 있어야 선생님을 뵈러 가나요?"

그 말은 듣는 사람을 더 감질나게 했다. 새엄마가 짓고 있는 야릇한 웃음이 그 느낌을 더 증폭시켰다. 식구들 모두 수저는 들고 있었지만 식사를 멈춘 상태였다. 아버지는 두 번이나 물었는데도 시원한 대답을 하지 않자 화가 잔뜩 난 음성으로 소리를 질렀다.

"왜 말을 안 하고 자꾸 빙빙 돌려? 무슨 일인지 똑바로 말 못해?"

새엄마의 작전은 성공이었다. 그냥 알려줘도 혼이 날 일을 화를 돋우고 나서 알려주게 되었으니. 나는 새엄마의 꼼수를 계속 두고 볼 수가 없었다.

"제가 아이들하고 싸움을 좀 해서 그런 겁니다. 하지만 학교에 안 오셔도 돼요. 제가 알아서 처리할게요."

나는 몹시 기분이 나빴지만 내색을 하지 않고 또박또박 말했다. 새엄마를 제외한 다른 식구들이 모두 나를 쳐다보았다. 놀란 표정과 믿기지 않는다는 표정이 뒤범벅된 얼굴로. 아버지는 눈을 동그랗게 떴는데 그 바람에 이마에 주름이 심하게 잡혔다.

"담임 선생님이 직접 전화를 하셨는데 어떻게 안 가 볼 수 있니? 그냥 싸운 것도 아니고 나쁜 아이들하고 한패가 돼서 패싸움을 했다는데."

새엄마가 여전히 미소 띤 얼굴로 나를 향해 말했다. 그런 다음 아버지 쪽으로 고개를 돌리더니 더 부드러운 음성을 냈다.

"제가 선생님 만나 뵙고 잘 말씀드릴 거니까 당신은 신경 쓰지 마세요. 사내아이들은 원래 치고받고 싸우면서 크잖아요. 철수도 몇 차례 그런 일이 있었구요. 물론 그런 아이들하고 어울린 적은 없지만."

철수는 싸운 게 아니라 일방적으로 맞고 다녔다. 그것도 자랑이라고 읊어 대는 새엄마가 한심하다 못해 불쌍했다. 자기 처지를 모를 리 없는 철수는 고개를 돌린 채 입 안에 든 음식을 우걱우걱 씹었다. 새엄마의 설명에도 아버지 이마에 잡힌 주름살은 퍼지지 않았다.

"나쁜 아이들하고 한패가 되다니?"

"두 학교 아이들이 싸움을 해서 잡혀 왔는데 그 무리들 속에 영호가 있었대요. 담임 선생님이 너무 놀라서 말씀을 제대로 못 하시더라구요. 처음에는 저도 놀랐죠. 아시다시피 우리 영호는 그런 아이가 아니잖아요."

새엄마가 가증 떠는 모습을 더 보고 있을 수 없어서 나는 숟가락을 놓고 자리에서 일어섰다. 영희가 얼른 내 팔을 잡았다. 우리 집에서는 식사시간에 먼저 일어나지 못하게 되어 있었다.

밥을 다 먹었어도 나머지 식구가 밥그릇을 비울 때까지 앉아 있어야 했다.

'일 좀 크게 만들지 말고 제발 좀 앉아!'

나를 바라보는 여동생의 표정이 그렇게 말하고 있었다. 그 자리를 박차고 나가서 곧바로 집을 나가 버리고 싶었다. 하지만 이런 식으로 나가면 새엄마에게 좋은 빌미만 제공할 뿐이라는 생각이 들었다. 나는 한숨을 내쉬며 털썩 주저앉았다. 새엄마의 간드러지는 목소리가 이어졌다.

"그래서 내일 학교에 가 보려고요. 선생님이 먼저 함께 의논해서 대책을 세워 보자고 하셨어요. 부모 된 입장에서 정말 고마운 일이지요. 그 마음이 너무 감사해서 좀 괜찮은 선물을 사 갖고 가고 싶은데, 어떤 게 좋을지 물어본 거예요."

'정말 대단한 부모 나셨군.'

나는 새엄마를 노려보면서 생각했다.

'머리 나쁜 여자가 저런 말들 지어내느라 고생깨나 했겠네.'

그 생각은 곧 담임에 대한 원망으로 바뀌었다. 내가 다른 사람 끌어들이지 말라고 그렇게까지 싫은 내색을 했는데 왜 이런 상황을 만드는 거냐고 도대체!

계속해서 불씨를 지폈는데도 아버지가 별 반응을 보이지 않자 새엄마가 기름을 끼얹었다.

"그렇다고 영호 너무 혼내지 말아요, 여보. 가서 정확한 이야기를 들어봐야 알겠지만 우리 영호는 큰 잘못은 안 했을 거예요. 영호가 욱하는 성격이 있어서 나한테 가끔 대들기는 해도 그렇게 못된 애는 아니에요. 패싸움을 했다는 건 좀 무섭지만, 그렇게 한 것도 그만한 이유가 있겠죠."

누가 들어도 왜 혼내지 않느냐고 옆구리를 찌르는 말이었다. 나는 아버지를 믿지 않았다. 아버지는 입으로는 큰소리를 치면서도 실제로는 새엄마의 눈치를 보는 사람이었다. 옆구리까지 찔렸으니 어떻게 혼을 내야 할지 고민하고 있을 게 뻔했다. 그 시간은 길지 않았다.

"잘못한 게 있으면 따끔하게 혼이 나야지. 애들끼리 그냥 다툰 것도 아니고 패싸움을 했다는 건 심각한 거야. 당신이 선생님 만나서 자세히 물어봐, 뭐가 어떻게 된 건지."

아버지는 내가 그 자리에 없는 것처럼 말했다. 아버지가 식탁 상석에 앉고 오른쪽으로는 새엄마와 철수가, 왼쪽으로는 나와 영희가 앉아 있었다. 나는 아버지 바로 옆에 앉아 있는 것이나 마찬가지였다. 그런데도 당사자인 나에게 아무것도 물어보지 않은 건 새엄마를 지나치게 의식하고 있다는 증거였다. 나는 나를 쳐다보지도 않는 아버지를 바라보았다. 저 여자랑 살려고 저렇게까지 해야 하나. 아버지가 참으로 딱해 보였다.

내 맞은편에 앉아 있는 새엄마는 무척 만족스러운 표정을 짓고 있었다. 1차 목표는 성공이야, 2차를 어떻게 공략할지 작전을 잘 세워야지. 그런 생각을 하고 있는 듯한 얼굴이었다.

그동안 새엄마를 학교에 불려 다니게 한 우리 집의 골칫덩어리는 철수였다. 성적이 너무 나빠서, 무단으로 학교 수업을 빼먹고 놀러 다니다가, 심지어 아이들 물건을 훔친 것 때문에. 그때마다 새엄마는 갖은 핑계를 다 주워 섬겼다. 몸이 약하다거나 나쁜 친구들 꼬임에 빠진 것이라고 하면서.

반면 나와 영희 문제로 학교에 간 일은 단 한 번도 없었다. 스승의 날도 철수가 다니는 학교에만 갔다. 나 때문에 학교에 가게 된 건 처음이었다. 새엄마는 나를 깔아뭉개고 철수를 변호하기 위한 기회로 이번 일을 잘 활용하려 할 것이었다. 그 농간에 놀아나지 않으려면 어떻게든 학교에 가는 걸 막아야 했다. 하지만 마땅한 방도가 떠오르지 않았다. 짜증이 나서 인상을 쓰고 있는데 새엄마가 비아냥거리듯 말했다.

"영호야, 너무 걱정하지 마. 네가 어쩌다가 나쁜 아이들하고 어울리게 됐는지는 모르지만 엄마가 선생님 만나서 잘 해결해 줄게. 우리 영호는 그저 이 엄마만 믿고 있으면 돼."

나는 더 듣고 있을 수가 없었다. 자리에서 벌떡 일어나면서 소리를 질렀다.

"아, 정말, 학교에 가지 말라니까 왜 자꾸 그래요? 내가 알아서 한다잖아요! 맨날 날 못 잡아먹어서 난리면서 당신이 무슨 자격으로 이러는 거야!"

그 순간 눈앞에서 불꽃이 튀었고 왼쪽 뺨이 얼얼했다. 내 따귀를 올려붙인 사람은 아버지였다. 아버지는 자리에서 일어선 채로 내 멱살을 잡으며 고함을 쳤다.

"이 자식, 어디서 배워 먹은 버릇이야? 너, 당장 이리 나와!"

나는 아버지의 손을 뿌리치면서 홱 돌아섰다. 내가 앉았던 의자가 뒤로 넘어지는 소리를 들으면서 나는 거실을 지나 현관에서 신발을 구겨 신었다.

"너, 거기 안 서!"

"여보, 왜 이래요, 당신이 참아요."

"오빠!"

아버지와 새엄마와 여동생이 내는 소리가 연이어 들렸다. 나는 신발을 끌며 집을 나섰다. 고함 소리와 우당탕거리는 소리가 들리는 걸로 봐서 아버지가 뒤따라 나오고 새엄마와 여동생이 말리는 것 같았다.

나는 신발의 발뒤꿈치 부분을 펴서 똑바로 신고는 뛰기 시작했다. 밖은 벌써 어둑어둑해져 있었다. 어디로 가야 할지 알 수 없었지만 있는 힘껏 달렸다. 우선 큰길이 있는 쪽으로 달렸고 큰

길로 나와서는 시내 중심가가 있는 방향으로 달렸다.

방금 밥을 먹어서 그런지 조금 뛰니까 배가 아팠다. 하지만 나는 멈추지 않고 달렸다. 배보다 가슴이 더 아팠다. 날카로운 송곳 같은 것으로 마구 찔러 대는 것 같았다. 조금 더 달리자 눈물이 핑 돌았다. 달리면서 몸이 움직이니까 눈에 고인 눈물이 뺨을 타고 흘러내렸다. 생각지도 못했던 눈물이었다.

"울긴 왜 울어, 이 바보 같은 놈아!"

나는 달리면서 고함을 질렀다. 지나가던 사람들이 흘깃흘깃 쳐다보았다. 나는 더 빨리 달렸다. 그렇게 하면 사람들의 눈을 피하는 게 가능하기라도 한 것처럼.

앞으로 나 봐도
아는 척하지 마

시내 한복판에 다다르자 나는 달리기를 멈추고 천천히 걸음을 옮겼다. 눈물은 말라 있었고 온몸이 땀으로 흠씬 젖어 있었다. 배 아픈 것도 가슴 통증도 느껴지지 않았다. 대신 머릿속이 복잡해졌다. 머릿속을 채운 생각들은 모두 가출에 관한 것이었다. 지금 이대로 집을 나올 것인가, 나온다면 당장 무엇을 하며 살 것인가, 잠은 어디서 잘 것인가. 어느 것 하나 확실한 게 없었다. 아무 준비도 되어 있지 않으면서 그저 힘들 때마다 충동적으로 한 번씩 가출을 떠올려 본 것뿐이었다. 그런 나 자신이 한심해서 한숨만 나왔다.

뒤죽박죽 엉킨 생각으로 무거워진 머리를 숙인 채 나는 한참을 걸었다. 처음에는 무작정 걸었지만 어느새 학교 근처의 만화방 앞에 서 있었다. 만화방 간판이 눈에 들어오고 나서야 나는 송곳을 떠올렸다. 언젠가 그가 아르바이트하는 형들하고 어울려 논 이야기를 한 적이 있었다. 그때는 대수롭지 않게 흘려들었는데 송곳을 통해 그 형들을 만나면 일자리를 구할 수 있을지도 모른다는 생각이 들었다.

나는 머뭇거리다가 조심스럽게 만화방 문을 열었다. 송곳 없이 혼자 그곳을 찾은 것은 처음이었다. 만화방 아저씨한테 인사를 하자 그는 아무 말 없이 턱으로 안쪽을 가리켰다. 그 몸짓으로 나는 송곳이 안에 있다는 것을 알았다. 아까 학교에서 송곳과 마주치지 못했기 때문에 나는 반가운 마음에 서둘러 안쪽 문을 밀고 들어갔다. 자욱한 담배 연기 때문에 기침이 터져 나왔다. 송곳은 담배를 피우며 술을 마시고 있었다. 그 옆에는 꽹과리를 비롯해서 같이 싸움을 했던 아이 몇 명이 눈에 띄었다. 나는 손을 흔들며 그들에게 다가갔다.

아이들의 표정은 싸늘했다. 나는 담배 연기 때문에 잘못 보았나 싶어서 손으로 연기를 저어가며 자세히 보았다. 여전히 그들은 내게 냉담했다. 나는 머쓱해져서 들고 있던 손으로 뒷머리를 긁적거렸다.

"이젠 여기 혼자 드나드나 보네."

송곳이 담배를 종이컵에 비벼 끄면서 내뱉듯 말했다. 예전 말투가 아니었다. 친한 사이에 건네는 말이 아니라 빈정거리는 듯한 뉘앙스가 풍겼다. 나는 내가 잘못 들었기를 바랐다.

"혹시 너 여기 있나 해서 와 본 거야."

내 말에 송곳은 어깨를 으쓱거렸다. 뒤이어 아까보다 더 빈정거리는 투로 물었다.

"나를? 왜?"

그때서야 나는 송곳이 예전의 송곳이 아니라는 사실을 깨달았다. 뭔가 단단히 오해를 하고 있구나. 나는 속으로 중얼거렸다. 어제 체육 선생님 앞에서 들은 말이 떠올랐다. 영호랑 같이 잡히면 무슨 특혜라도 있을 줄 알았나? 그 말 때문에 송곳이 오해를 한 것이라는 생각이 들었다. 체육 선생님의 입에서 그 말이 나오는 순간 나는 아차, 싶었다. 그건 내가 그 말을 해서가 아니었다. 나는 맹세코 그런 말을 한 적이 없었다. 그 말이 엉뚱한 오해를 불러일으키면 어떡하지, 라는 느낌이 들었던 것이다. 결정적인 순간에 내가 받은 느낌은 다른 사람에게도 그대로 전달되는 모양이었다.

"너한테 할 말이 있어서 찾아온 거야. 그리고 어제 일은 오해하지 마."

분위기 때문이었을까. 내 말이 군색하게 들렸다. 그래서 한마디 더 덧붙였다.

"나는 선생님한테 아무 말도 하지 않았어. 선생님이 넘겨짚은 거야."

"까는 소리 하고 있네."

옆에 앉아 있던 꽹과리가 벌떡 일어서면서 윽박지르듯 말했다. 한 대 칠 기세였다. 나도 모르게 한 걸음 뒤로 물러섰다. 순간 겁도 났지만 성질도 났다. 다시 한 걸음 내디디면서 나도 소리를 질렀다.

"진짜야. 정 못 믿겠으면 체육 선생님이랑 같이 따져 봐."

"이 자식이 어디서 아가리를……."

꽹과리가 내 멱살을 틀어쥐었다. 나는 반사적으로 그의 손목을 낚아채면서 비틀었다. 그 바람에 둘 다 균형을 잃고 바닥에 넘어졌다. 그 안에 있던 여자애들이 비명을 질렀고 뒤이어 미닫이문이 드르륵 열렸다. 주인 아저씨의 고함이 바로 건너왔다.

"지금 소란 피운 놈들, 당장 나가!"

그 말에 송곳이 일어나더니 죄송하다며 고개 숙여 인사를 했다. 그런 다음 꽹과리를 향해 말했다.

"내가 알아서 할 테니 먼저 가."

먼지라도 털 듯이 두 손바닥을 거칠게 부딪치던 꽹과리가 기분 나쁘다는 듯이 인상을 썼다. 네가 왜 이래라저래라 하는 거야? 그의 표정은 이렇게 말하는 것 같았다. 하지만 맞서지 않고 가방을 챙겨서 둘러멨다. 같이 있던 그의 친구 두 명도 같이 따라 일어섰다. 나가기 전에 꽹과리가 나를 향해 손가락질하면서 침을 뱉듯이 말했다.

"너, 한 번만 더 우리 걸고넘어지면 학교 대표고 나발이고 없어. 병신 되기 싫으면 아가리 닫고 조용히 살아."

꽹과리와 그의 친구들이 나가고 나자 만화방 안채는 다시 조금 전 분위기로 돌아갔다. 한 무리는 온갖 개폼을 다 잡아 가면서 담배를 피워 댔다. 담배 연기로 도넛을 만들거나 서로의 얼굴에 연기를 뿜어대면서 킬킬거렸다. 담배를 못 피다 죽은 귀신이 붙었는지 연달아 세 개비째 불을 붙이다가 피를 토하는 것처럼 심하게 기침을 하는 아이도 있었다.

술을 마시는 무리는 서로 돌아가면서 잔을 쪽쪽 빨았다. 주인 아저씨가 아이들에게 소주를 한 병씩밖에 팔지 않기 때문에 요령껏 나눠 마시는 것이었다. 취해서 술을 더 달라고 하면 곧바로 쫓겨나서 한동안 출입 금지를 당하는 게 이 만화방의 규칙이었다.

다른 아이들은 야한 잡지를 보거나 만화에 코를 박고 있었다. 아까 비명을 질렀던 여자애 둘이 만화를 보고 있는데 조금 떨어진 자리의 남자애 두 명이 말을 걸면서 지분거렸다. 여자애들은 그럴 때마다 톡톡 쏘아붙였지만 노골적으로 싫어하는 기색은 아니었다.

나는 송곳이 무슨 말인가를 하기를 기다렸다. 아까 나는 송곳에게 할 말이 있어서 이곳에 왔다고 말했다. 중간에 끼어든 꽹과리는 송곳이 돌려보냈다. 그렇다면 송곳이 나한테 먼저 묻는게 자연스럽다. 자기한테 하고 싶은 말이 뭐냐고. 하지만 송곳은 다 본 것처럼 보이는 만화를 꺼내들더니 아무 페이지나 획획 넘겨보고 있었다. 나를 귀찮아하거나 무시하는 것 같았다. 더 기다리지 못하고 내가 먼저 입을 열었다.

"야, 송곳. 내가 널 찾은 건……."

"별로 듣고 싶지 않다. 이제 너도 가 봐라."

송곳이 무미건조한 음성으로 내 말을 막았다. 나를 마주보고 있는 그의 얼굴에도 아무런 표정이 없었다. 내가 자기를 찾아온 이유를 정말로 알고 싶지 않은 것처럼 보였다. 꽹과리를 먼저 보낸 건 나가서 싸울까 봐 일부러 그렇게 한 것 같았다. 아니 더 정확하게 말하면 내가 얻어터질까 봐 배려한 것이라고 할 수 있었다. 꽹과리는 송곳 다음으로 주먹이 센 아이니까.

"정말 안 궁금해?"

"안 궁금해."

"그럼 너랑 나랑 친구도 아니었던 거네."

이번에는 내가 빈정거리듯 말했다. 송곳은 아부 대수도 하지 않았다. 그 침묵은 친구가 아니었다는 걸 인정하는 것처럼 보였다. 갑자기 짜증이 확 치밀었다. 내가 이런 놈이랑 왜 같이 어울린 거지? 나는 자리에서 발딱 일어났다. 뒤도 안 돌아보고 나가려고 하는데 발이 떨어지지 않았다. 가더라도 오해는 풀고 가야 할 것 같았다. 나는 다시 자리에 앉았다.

"아까 잠깐 얘기하다 말았는데…… 나는 체육 선생님한테 아무 말도 안 했어. 그동안 나랑 알고 지내면서 내가 그런 놈 아니라는 거 너도 느꼈을 거 아냐. 그러니까 우리가 안 보고 지내더라도 그런 오해는 하지 마."

내 딴에는 짧은 시간 동안 제법 머리를 굴려서 정리한 말이었다. 송곳은 여전히 아무 대꾸가 없었다. 이번에는 화가 치밀어올랐다. 내 입에서 한 옥타브쯤 높은 소리가 튀어나왔다.

"야, 정말이라는데 왜 아무 말이 없어?"

그때서야 송곳이 나를 돌아보았다. 얼굴에 여전히 표정이 없었다.

"알았어. 알았으니까 그만 가 봐."

그 말을 한 다음 송곳은 주섬주섬 만화책들을 챙겨서 가지런히 쌓기 시작했다. 나는 당황스러웠다. 그건 예상 밖의 말이었다. 송곳이 갑자기 다른 아이로 변해 버린 것 같았다. 주위에 흩어진 만화책들을 다 쌓을 때까지 나는 멀뚱멀뚱 그를 쳐다보고 있었다. 내가 가지 않으니까 송곳이 자리를 털고 일어났다.

"그럼 나 먼저 갈게."

송곳이 없는데 내가 거기 더 있을 이유가 없었다. 나도 그의 뒤를 따랐다. 송곳은 주인 아저씨한테 아까 죄송했다고 한 번 더 인사를 한 다음 만화방 문을 열고 나섰다. 나를 완전 투명인 간 취급하고 있었다. 골목으로 나온 나는 송곳이 우리 학교 짱 이라는 사실도 잊고 그의 멱살을 잡았다.

"야, 너 내가 그렇게 우습게 보여? 사람 말이 말 같지 않아?"

"알았으니까 그만 하라고!"

그 말과 함께 송곳의 주먹이 날아들었다. 나는 왼쪽 턱에 격 렬한 통증을 느끼면서 나가떨어졌다. 지나가던 사람들이 화들 짝 놀라면서 슬금슬금 피해 갔다. 내가 겨우 몸을 일으키자 송 곳이 다가와서 내 어깨에 손을 얹었다.

"나, 너한테 주먹 쓰기 싫어서 가만 있는 거야. 그러니까 성질 건드리지 말고 그냥 꺼져. 네가 체육 선생님한테 무슨 말을 했 든 안 했든 상관없어. 너랑 나랑은 같이 어울리면 남들 눈에 이 상하게 보여. 네가 그런 말을 안 했어도 그런 말을 한 것과 마 찬가지라고!"

송곳은 내 어깨에 얹었던 손에 힘을 넣어 나를 떠밀었다. 내 가 휘청거리며 밀려나자 몸을 돌려 골목 위쪽으로 걷기 시작했

다. 그가 한 말이 내 가슴을 찌르르 울렸다. 나는 송곳이 그런 생
각을 하고 있다고는 상상도 하지 못했다. 조금 전까지 나는 그
에게 미안한 감정이 남아 있었는데 그 말을 듣고 나자 곱절로
더 미안해졌다.

나는 송곳과 오해를 풀고 싶었지만, 지금은 그에게 의논을 하
고 도움을 청할 게 있었다. 그 말을 해야 할 때가 아니라는 걸
느끼면서도 나는 다급한 마음에 소리쳐 말했다.

"야, 송곳! 나, 집에서 나올 거야. 학교도 그만둘 거고. 그러니
까 네가 날 좀 도와줘."

가방을 비스듬히 둘러메고 골목길을 올라가던 송곳이 걸음을
멈추고 뒤를 돌아보았다. 나는 그가 내 말에 관심을 갖는 게 반
가워서 얼른 다가섰다. 하지만 그것은 나의 착각이었다.

"그걸 왜 나한테 말해? 내가 좀 노니까 그렇게 막 나가는 것
같냐?"

"아, 아니, 나는…… 그, 그게 아니고……."

"내가 너 가출까지 시켰다는 말 듣고 싶지 않으니까 그 입 닥
쳐. 그리고 앞으로 날 봐도 아는 척하지 마. 재수 없어."

그렇게 말한 다음 송곳은 다시 몸을 돌려 언덕길을 올라가기
시작했다. 나는 그에게 턱을 얻어맞은 것보다 더 아팠다. 내가
집을 나갈 거라고 하면 송곳이 화들짝 놀라면서 걱정을 해 줄

줄 알았다. 그리고 아는 형들을 소개시켜 줘서 내가 자립할 수 있도록 도와줄 거라고 믿었다. 평소에 송곳이 나한테 잘해 주고 내 편이 되어 줄 때가 많아서 무작정 아군이라고 여긴 걸까.

나는 멀어져 가는 송곳의 뒷모습을 보면서 크게 낙담했다. 그에게 사정 얘기만 하면 내일이라도 집에서 나올 수 있을 줄 알았다. 그랬다면 지금쯤 나는 급작스럽게 진행될 학교 중퇴를 어떻게 처리해야 할지, 여동생 영희를 어떤 방법으로 설득하는 게 좋을지 따져 보고 있어야 했다. 하지만 모든 것이 다시 막막해졌다. 그렇다고 집으로 돌아가고 싶지는 않았다. 우왕좌왕하다가 떠올린 곳이 겨우 깡통네 집이었다.

깡통네 부모님은 나를 무척 반겨 주었다. 평소에 깡통이 내 이야기를 잘해 둔 덕이었다. 시험을 앞두고 몇 차례 깡통네 집에서 같이 공부한 것도 크게 작용했을 것이다. 깡통 어머니는 사과와 배를 한 접시 깎아서 갖다주었다. 깡통에게 나 같은 친구가 있다는 게 자랑스럽다는 말도 했다. 나는 몸둘 바를 몰랐다. 무작정 집을 뛰쳐나왔다는 이야기는 더더욱 할 수가 없었다.

어머니가 방문을 닫고 나가자 깡통이 물었다.

"무슨 일이야, 이 밤중에?"

"네가 집에서 잘하고 있나 걱정이 돼서 와 봤지."

그 와중에도 농담이 튀어나왔다. 누구와 대화를 하느냐에 따라서 말하는 방식에 차이가 날 때가 많다. 깡통하고는 늘 장난을 치고 싶었다. 그만큼 그가 편했기 때문이다.

"까불지 말고 바른 대로 말해 봐. 너, 혹시 사고 친 거 아냐?"

깡통은 진지하게 물었다. 그의 얼굴은 졸다 깬 원숭이를 닮아 있었다. 그 얼굴에 진지한 말은 어울리지 않았다. 나는 깡통의 표정을 보면서 배를 잡고 웃었다. 그렇게 밤새 웃으며 장난을 치고 싶었다. 내가 대답을 하지 않고 웃기만 하자 깡통이 정색을 하고 말했다.

"너, 어제 그 일 때문에 새엄마하고 싸우고 집 나온 거지, 그렇지?"

나는 온몸에 소름이 돋는 것을 느꼈다. 깡통이 그렇게 예리할 줄은 미처 몰랐다. 심지어 내가 놀라는 기색까지 놓치지 않았다.

"맞구나. 왜 그랬어? 너희 새엄마, 너 못 잡아먹어서 난리라면서? 그럴수록 널 괴롭힐 빌미를 주면 안 되지."

나는 깡통의 충고를 들으면서 속으로 크게 놀랐다. 충고는 내가 깡통에게 주로 했었다. 앞으로도 계속 그럴 줄 알았다. 그건 내 착각이었다. 깡통은 나에게 핵심을 찌르는 충고를 하고 있었다. 나는 그가 '빌미'라는 단어를 쓴 것도 신기했다. 내가 아는 깡통은 국어 점수도 형편없고 어휘력도 현저하게 딸리는 편이었다. 내 앞에는 내가 모르는 깡통이 앉아 있었다.

"그래서 나, 아예 집을 나올 생각이야."

내 말에 깡통의 표정이 굳어졌다. 졸다 깬 원숭이 같은 표정이 굳어지니까 일부러 웃기는 것처럼 보였다. 나도 모르게 웃고 말았다. 그 웃음 때문에 깡통은 내 말을 곧이곧대로 듣지 않았다.

"놀랐잖아. 지금이 농담할 때야?"

"농담 아니야."

"농담이 아니면?"

"진담이야. 오늘 밤부터 당장 잘 데가 없어서 너 찾아온 거야. 부모님께 잘 말씀드려서 나 좀 재워 줘."

그때서야 비로소 깡통은 내 말을 믿는 눈치였다. 졸다 깬 원숭이 표정이 졸다 걱정에 잠긴 원숭이 표정으로 바뀌었다. 이번에는 우습지 않았다.

"너희 부모님한테 뭐라고 말씀드리면 될까?"

깡통에게 묻고 나자 좀 어색했다. 평소에 질문은 주로 깡통이 하는 편이었다. 내가 물을 땐 장난을 치거나 이미 알려준 것을 잊어버리지 않았는지 확인할 때가 많았다. 깡통은 골똘히 생각하더니 눈을 빛내며 대답했다.

"너 온 김에 글쓰기 좀 배운다고 하면 되겠다."

"글쓰기를 배워? 글쓰기는 왜?"

나는 깡통이 무슨 말을 하는지 알 수가 없었다. 깡통은 일기도 한 페이지를 다 채우지 못하는 아이였다.

"너한테 배워서 교지에 낼 글 좀 써 보게."

그 말을 듣고 나자 국어 선생님이 수업 시간에 교지에 실을 글을 모집하니까 써 내라고 했던 말이 떠올랐다. 나는 까맣게 잊어버리고 있었는데 깡통은 그것을 기억하고 있었다. 더구나 그는 글을 써 낼 작정까지 하고 있지 않은가. 뒤이어 깡통의 도전이 우리 학교에서 제일 예쁘다는 국어 선생님 때문일지도 모른다는 생각이 들었다.

"그래? 어떤 글을 쓰고 싶은데?"

나는 깡통과 글은 도저히 어울리지 않는다고 생각하면서도 그의 기를 꺾지 않으려고 진지하게 물어보았다. 깡통이 갑자기 기분이 좋아졌는지 헤실헤실 웃었다. 나에 대한 걱정은 머릿속에서 깨끗하게 사라져 버린 듯했다.

"나야 뭐 수필이라도 쓸 수 있으면 다행이지. 시나 소설 같은 건 아예 꿈도 못 꾸고, 탐방기나 기행문 같은 것도 어려우니까. 근데 넌 수필 쓰지 마라. 그래야 경쟁자가 하나 줄잖아. 그래, 넌 글 잘 쓰니까 소설 써라. 너 같은 애가 소설 하나 써 줘야 우리 학교 교지가 뽀다구가 좀 나지 않겠냐. 거기에 내 수필도 실리면 좋고."

깡통의 말 때문이었다. 생각지도 못했던 의욕이 생겨난 것은. 나는 교지에 실릴 글을 써야겠다는 생각조차 하지 않았다. 학교를 그만두고 가출을 할 건데 그것이 무슨 의미가 있을까, 하는 마음이었다. 깡통의 말이 내 마음을 바꾸어 놓았다. 내가 학교를 그만두면 졸업장에도 사진이 들어가지 않을 것이다. 2학년 1학기 중반까지 다닌 흔적은 생활기록부 안에만 남아 있을 가능성이 많았다. 만일 교지에 글이 실린다면 나의 존재가 좀 더 드러날 수 있었다. 그 생각을 하자 글을 잘 쓰고 싶었다. 이왕이면 깡통의 주문대로 소설을 쓰는 게 좋을 것 같았다. 중학교 2학년이 소설을 썼다면 폼이 좀 날 테니까.

"알았어, 깡통. 네가 시키는 대로 할게."

나는 들뜬 기분으로 말했다. 이미 나도 가출 이후를 걱정하며 낙담하는 딱한 청소년이 아니었다. 학교를 떠나기 전에 멋진 소설을 남길 가능성이 있는 학생 문사였다.

"뭐? 나 글쓰기 가르쳐 주는 거? 아님 소설 쓰는 거?"

"둘 다."

"와우! 잘 생각했어. 그럼 엄마한테 너 오늘 여기서 나랑 같이 글 쓸 거라고 말하고 올게."

문을 열어 둔 채 거실로 달려간 깡통이 호들갑을 떨면서 말하는 소리가 들렸다. 깡통 어머니와 아버지는 부적 좋아했다. 뒤이어 영호네 부모님은 영호가 여기서 자는 거 알고 있냐고 물어봤고, 깡통은 아까 허락을 받고 나온 것이라고 둘러댔다.

의자 하나를 더 들고 방으로 돌아온 깡통은 책상을 사이에 두고 나와 마주앉았다. 그의 얼굴은 의욕이 넘쳐나는 것처럼 보였다. 깡통에게서 좀처럼 볼 수 없던 모습이었다.

"이제 해 보자. 글쓰기는 어떻게 하면 돼?"

깡통은 눈을 빛내며 물었다. 너무 막막한 질문이었다. 나는 초등학교 때부터 문예반 지도 선생님이 해 주신 말들을 떠올렸다. 거기에 내가 글을 쓰면서 느꼈던 경험을 조금 덧붙였다.

"우선 무엇을 쓸지 정해야 돼. 그런데 그건 자기가 가장 잘 아는 게 좋아. 그래야 자세히 잘 쓸 수 있거든."

조금 전 의욕에 차 있던 깡통의 얼굴은 금세 어두워졌다. 무슨 말인지 못 알아듣는 것 같았다. 나는 쉬운 예를 떠올렸다.

"예를 들어 별명에 대해 쓴다고 하면…… 네 별명에 대해 네가 알고 있는 걸 자세히 적는 거야. 왜 깡통이라는 별명이 생기게 됐는지, 친구들이 네 별명을 부를 때 기분이 어떤지, 그 별명 때문에 생긴 에피소드는 무엇인지, 뭐 그런 것들을 쓰면 돼."

"그 얘긴 별로 쓰고 싶지 않은데……."

"아니, 꼭 그 얘기를 쓰라는 게 아니라 그냥 예를 든 거야. 그런 식으로 네가 잘 아는 걸 쓰면 돼. 있는 사실만 쓰지 말고 거기다 네 생각을 덧붙여서."

"내 생각? 나의 어떤 생각?"

"네가 쓰려고 하는 내용에 대한 너만의 생각. 그 점에 대해서 네가 어떻게 생각하는지, 왜 그렇게 생각하게 됐는지, 이런 것들을 같이 적으라고."

"너무 어렵다. 나, 그냥 네가 불러 주는 대로 쓰면 안 돼?"

"그럼 그게 글쓰기냐? 받아쓰기지."

내 말에 깡통의 표정이 완전히 구겨졌다. 나는 생각을 표현하는 방법에 대해 더 쉽게 풀어서 설명을 했다. 깡통은 여전히 알아듣지 못했다. 잠시 뒤 그가 입을 쩍 벌리며 하품을 했다. 나는 깡통에게 무슨 내용이든 일단 조금 써 보라고 시켰다. 그럼 그것을 보며 다시 설명하겠다고 했다. 그는 순순히 고개를 끄덕이고는 노트를 펴고 펜을 꺼내 들었다. 하지만 한 자도 적지 못하고 연거푸 하품을 해 대더니 꾸벅꾸벅 졸기 시작했다. 조금 더 지나자 깡통은 몸을 흔들면서 일어났고 비칠비칠 몇 걸음 움직여서 침대에 벌러덩 드러누웠다. 그리고 거짓말처럼 그 자세로 잠이 들었다.

그때서야 집에서 어떤 일이 벌어지고 있을지 신경이 쓰이기 시작했다. 새엄마는 좋아서 춤이라도 추고 싶을 것이다. 눈엣가시 같던 내가 아버지한테 뺨을 맞고 집을 나섰으니 얼마나 통쾌

할까. 철수도 덩달아 신이 나 있을 것 같았다. 늘 나와 비교당하는 처지였는데 내가 제대로 사고를 쳤으니 추락했던 자존심이 조금은 회복되었을 수도 있었다. 아버지는 새엄마 눈치를 보느라 계속 화난 표정을 짓고 있을 게 뻔했다. 불쌍한 아버지. 다른 식구들은 아무래도 상관없었다. 영희 혼자 나를 걱정하고 있을 것이다. 방구석에 쪼그리고 앉아 훌쩍훌쩍 울면서. 그러다가 새엄마한테 얻어맞는 건 아닌지.

나는 더 생각하지 않으려고 애를 썼다. 어차피 내가 집을 나가게 되면 영희는 한동안 그런 모습으로 지낼 것이다. 그게 마음에 걸리지만 내가 자리를 잡아서 영희를 데려가기 전까지는 어쩔 수 없는 일이다. 마음이 약해지면 죽도 밥도 안 돼. 나는 입술을 깨물면서 고개를 가로저었다.

잠시 뒤 나도 침대로 가서 누웠다. 깡통은 코를 골고 있었다. 아무 걱정 없이 자는 그가 부러웠다. 비록 공부도 못하고 못생기고 아이들에게 놀림도 많이 받지만 깡통은 늘 구김살이 없다. 나는 그와 정반대의 조건이지만 늘 마음 한구석이 뒤틀리고 그늘이 져 있다. 그는 부모님의 사랑을 듬뿍 받고 있었고 나는 새엄마의 가시 같은 시선을 견뎌야 했다. 할 수만 있다면 깡통과 나의 처지를 바꾸고 싶었다.

그것은 현실적으로 불가능한 일이므로 방법은 딱 하나, 내가 집을 나오는 수밖에 없었다. 하지만 믿고 찾아갔던 송곳한테서 보기 좋게 외면을 당했다. 마치 숲속에서 발견한 유일한 길을 따라갔는데 그 길이 절벽에서 끝나 버린 듯한 느낌이었다. 앞으로 무엇을 어떻게 해야 할지 알 수 없어서 막막하고 두려웠다. 아무리 생각해 봐도 내가 할 수 있는 것이라고는 맨땅에 헤딩하는 것 외에는 다른 방법이 없는 것 같았다.

나는 심호흡을 하면서 내일부터 일할 수 있는 곳이 있는지 찾아봐야겠다고 마음먹었다. 드라마나 영화에서 어린 나이에 가출해 자수성가하는 사람들의 이야기가 있다는 사실도 떠올렸다. 내가 그들처럼 되지 말라는 법이 어디 있어. 나는 마음속으로 큰소리를 쳤다. 어딘가 내가 일할 수 있는 곳이 있을 거야. 암, 꼭 있을 거야. 주문을 외우듯 같은 말을 반복했다. 그렇게라도 하지 않으면 너무나 불안해서 울음을 터뜨릴 것만 같았다. 잠은 쉽게 오지 않았다.

저 어리지 않습니다

다음 날 아침, 깡통은 학교로 가고 나는 시립 도서관으로 갔다. 아침 일찍부터 일자리를 알아보러 다닐 수가 없었기 때문이었다. 도서관은 한산했다. 고시 공부를 하는 것처럼 보이는 아저씨들과 재수생 티가 나는 형들이 몇 명 눈에 띌 뿐이었다. 내가 열람실로 들어가자 도서관에서 근무하는 분들이 이상한 눈으로 쳐다보았다. 그들의 표정이 묻고 있었다. 너, 왜 학교 안 가고 여기서 얼쩡대는 거야?

나는 마땅히 갈 곳이 없어서 이곳에 왔다는 인상을 풍기지 않으려고 일부러 몸을 민첩하게 움직였다. 열람실 안으로 들어서자마자 성큼성큼 걸어서 앞에서 세 번째 창가 쪽에 앉았다. 마치 그 자리가 오래 전부터 내 자리였던 것처럼. 그곳에서 나는 깡통한테서 빌려 온 연습장을 펼치고 연필을 꺼내 들었다. 교지에 실릴 소설을 쓸 생각이었다.

연습장 맨 윗줄 중간 부분에 '소설'이라고 썼다. 써 놓고 보니 굳이 내가 쓸 글의 장르를 먼저 밝힐 필요가 있을까 하는 생각이 들었다. 일기를 쓸 때 앞에다 '일기'라 쓰고 시작하지 않는 것처럼. 더구나 다 완성되고 나면 원고지에 옮길 것이기 때문에 연습장에 쓴 글은 나 혼자만 볼 것이다. 왠지 어색해서 지우려 했지만 깡통한테서 빌려 온 연필에는 지우개가 달려 있지 않았다. 하는 수 없이 나는 '소설'이라고 쓴 글자를 내버려 두었다.

잠시 뒤 나는 그 글자를 지우지 않은 걸 잘했다고 생각했다. 그 글자를 보고 있으니까 내가 굉장한 작업을 하고 있는 것처럼 느껴졌다. 중학교 2학년짜리가 소설을 쓰다니. 나 스스로가 대견스러웠다. 내 소설이 세상을 깜짝 놀라게 할지도 모른다는 생각도 들었다.

먼저 선생님들이 놀라고, 아이들이 놀라고, 학부모들이 놀라고, 이웃 학교로 소문이 막 퍼져 나가다가 어떤 독지가를 만나게 될지도 모를 일이다. 독지가는 교지에 실린 소설을 읽고 나서 크게 감동을 받아 나를 만나고 싶어할 수도 있다. 그 사람이 학교에 연락해서 나를 찾으면 담임 선생님이 '강영호는 새엄마의 횡포를 견디지 못해 가출을 하면서 학교까지 그만뒀는데요.'라고 대답할 것이다. 그렇게 되도록 담임 선생님에게 자초지종을 설명할 기회를 만들어야겠다고 생각했다. 그러면 그 말을 들은 독지가는 매우 놀라서 나를 찾는 광고를 신문에 낼 가능성이 있다. 만일 그가 광고 문구에 '조건 없이 학업과 문학 수업을 지원하길 원하는 독지가가 강영호 학생을 애타게 찾고 있음'이라고 쓴다면, 그것을 본 나는 연락을 망설이지 않을 것이다. 그리고 나는 독지가를 만나서 나보다 더 똑똑한 여동생을 같이 후원해 달라고 부탁을 하고, 그는 마음이 따뜻한 사람이기 때문에 흔쾌히 승낙할 것이고, 나와 영희는 그 독지가의 후원을 받으면서 행복하게 지내며 공부도 열심히 하고 좋은 글도 많이 쓰게 될지 모르는 일이 아닌가.

거기까지 생각이 미치자 나는 연필을 움켜쥐었다. 절대로 이 소설을 대충 써서는 안 돼. 내 인생과 내 동생의 앞날까지 걸린 일이야. 그곳이 도서관이라는 사실도 잊고 큰 소리로 중얼거렸다. 그런 다음 '소설'이라고 쓴 글자를 내려다보았다. 대단한 작품이 탄생되는 순간이라서 그런지 가슴이 마구 뛰었다.

하지만 어찌된 셈인지 첫 문장부터 떠오르지 않았다. 나는 언젠가 훌륭한 소설들 중에는 첫 문장이 뛰어난 작품이 많다고 들은 적이 있었다. 그렇게 좋은 문장이 쉽게 나올 리가 없었다. 나는 인내심을 갖고 내 소설에 어울리는 첫 문장을 생각해 보기로 했다. 머리를 굴리고 또 굴렸다. 꽤 괜찮은 문장이 떠오르기도

했다. 그 문장은 내가 낚싯대를 드리운 곳에서 펄떡이며 헤엄치고 있었다. 나는 낚싯대를 든 채로 기다렸다. 낚싯바늘을 물 때 그대로 들어 올리기만 하면 되었다. 그 문장은 내 낚싯바늘을 물 듯 물 듯 하면서 물지는 않았다. 하도 답답해서 내가 생각의 낚싯대를 흔들어 대면 문장 전체가 어디론가 자취를 감춰 버렸다.

그렇게 끙끙거리고 있는데 어떤 형이 지나가다 말고 멈춰 서서 물었다.

"와우, 너, 진짜 소설 쓰는 거냐?"

그 말투 속에 은근히 부러워하는 기색이 묻어 있었다. 나는 첫 문장이 떠오르지 않아서 힘들었지만 기분은 좋았다. 네 나이에 벌써 소설 쓰다니 대단한걸. 말은 안 했지만 이런 뜻을 품고 있는 것처럼 느껴졌다. 역시 내가 소설을 쓰기로 마음먹은 건 잘한 일이라는 생각이 들었다. 한참이 지난 뒤에 그 형이 자판기 커피를 뽑아 들고 지나가며 다시 물었다.

"왜 안 쓰냐? 소설이 잘 안 나오냐?"

나는 약간 창피했지만 그래도 자부심을 잃지 않았다. 소설은 원래 쉽게 써지는 게 아니니까.

나는 몇 시간째 첫 문장을 못 쓰고 있었다. 첫 문장은커녕 단 한 자도 나오지 않았다. 저절로 몸이 꼬이고 한숨만 쏟아졌다. 저 이이는 종이를 노려보면서 도대체 무슨 싯을 하고 있는 걸까? 누가 나를 지켜보았다면 그런 생각을 했을 것이다. 나도 내가 이해가 되지 않았다. 머리가 딱딱하게 굳어서 돌이 되어 버린 것 같았다.

스트레스를 잔뜩 받아서 씩씩거리고 있는데 그 형이 다시 지나갔다. 이번에는 같이 온 형과 함께였다. 그들은 점심을 먹으러 가는지 들고 온 책들을 갖고 나갔다. 나는 조마조마한 심정으로 기다렸지만 그 형은 아무 말 없이 내 곁을 지나쳤다. 나는 몰래 한숨을 내쉬었다. 그 한숨은 곧 목에 걸리고 말았다. 내게서 조금 멀어지자 내가 못 듣는 줄 알고 일행에게 하는 말소리가 들려왔던 것이다.

"쟤 좀 이상해. 소설 쓴다고 적어 놓고 계속 몸만 비비 꼬고 있어. 살짝 돈 것 같아."

더 앉아 있을 수가 없었다. 나는 그들의 모습이 보이지 않자 자리를 털고 일어났다. '소설'이라는 글자가 나를 올려다보고 있었다. 왠지 비웃는 듯한 느낌이 들었다. 평소에 잘 쓴다고 깝죽댔었는데 막상 글을 단 한 줄도 못 쓰니까 자괴감이 밀려왔다. 내가 정말 이것밖에 안 되나?

열람실에서 나오자 도서관 홀에는 아까보다 훨씬 더 많은 사람들이 있었다. 그중 대부분은 나에게 관심이 없었다. 하지만 사람들이 나를 이상한 눈으로 힐끔거리는 것 같았다. 너, 왜 학교 안 가고 여기서 얼쩡대는 거야? 이런 생각을 하면서. 나는 사람들의 시선을 피해 도망치듯 도서관을 빠져나왔다.

분식집에서 라면을 한 그릇 사먹고 나서 나는 천천히 거리를 배회했다. 최대한 느릿느릿 걸으면서 상점의 유리문을 기웃거렸다. 전에 거리를 지나가다 보면 간혹 '아르바이트생 구함'이라는 쪽지가 붙어 있곤 했다. 그 아래 '숙식 제공'이라고 적혀 있는 경우도 있었다. 나는 가능하면 잠도 재워 주고 밥도 먹여 주는 일자리가 나타났으면 좋겠다는 생각을 했다.

문이 닫혀 있는 상점은 그냥 지나치면서 유리문을 볼 수 있었다. 문이 열려 있는 상점은 안쪽으로 고개를 디밀어서 자세히 살펴봐야 했다. 내가 두리번거리며 문 가까이 다가서면 상점 안의 주인이나 종업원은 손님인 줄 알고 다가올 때가 있었다. 나는 얼른 그들을 피해 상점 밖으로 빠져나왔다. 그럴 때는 내가 마치 나쁜 짓을 하려다가 도망치는 것처럼 보일까 봐 신경이 쓰였다. 그런 일이 몇 차례 반복되니까 행동이 더 어색해졌다. 사람들이 나를 이상하게 보는 것 같다는 생각도 더 많이 들었다.

처음 해 보는 일도 반복하다 보면 저절로 알게 되는 게 있다. 나는 차도와 인접해 있는 큰길을 따라 걸으면서 단 한 장의 구인 광고도 발견하지 못했다. 그때서야 이렇게 큰 상점들은 사람이 필요하더라도 신문에 광고를 내지 쪽지 광고 같은 건 붙이지 않을 것이라는 생각이 들었다. 로터리가 있는 지점에서 돌아선 나는 방금 지나온 큰길의 이면도로를 거슬러 올라가 보기로 했다. 역시 내 예상은 맞았다. 좁은 골목길에 다닥다닥 늘어선 상점들 문에는 사람을 구한다는 쪽지가 더러 붙어 있었다.

제일 먼저 눈에 띈 가게는 허름한 식당이었다. '사람 구함'이라고 쓴 쪽지가 붙어 있었는데 글씨가 조잡했다. 쪽지도 붙인 지 오래 됐는지 지저분해 보였다. 나는 그런 가게라면 사람이 당장이라도 필요할 거니까 쉽게 일자리를 얻을 수 있을 거라고 생각했다. 식당 문을 열고 들어가자 머리가 잔뜩 벗겨진 아저씨가 무슨 일이냐고 물었다.

"사람 구한다고 써 놓으신 걸 봤는데요."

내 말이 떨어지기가 무섭게 아저씨는 신경질적으로 쏘아붙였다.

"주방 아줌마 구하는 거야. 식당에서 너 같은 애가 무슨 필요가 있겠냐."

나는 넙죽 인사를 하고 나왔다. 거기서 또 한 가지 배웠다. 구인 광고가 붙어 있어도 나 같은 아이를 쓸 만한 곳이 아니면 들어가 볼 필요가 없었다.

다음으로 들어간 곳은 신발을 파는 가게였다. 전에 신발을 사러 갔을 때 종업원이 골라 주고 신겨 보고 했던 일이 떠올랐다. 그런 일이라면 나도 얼마든지 할 수 있을 것 같았다. 하지만 주인 아저씨는 한마디로 거절했다.

"너 같은 어린애는 안 쓴다."

"저 어리지 않습니다. 한번 써 보십시오. 잘할 수 있습니다."

"안 쓴다는데 왜 이래, 이놈이."

아저씨는 버럭 소리를 질렀다. 곱게 말해도 될 텐데 왜 화를 내나 싶어서 흘깃 쳐다보았다. 나도 모르게 눈을 곱게 뜨지 않은 모양이었다. 아저씨의 고함 소리가 더 커졌다.

"이놈이 어디서 눈을 치뜨고 있어? 썩 나가, 이놈아."

나는 잘못한 것도 없이 욕을 먹으며 쫓겨났다. 다른 몇 군데 상점에서도 거의 같은 대접을 받았다. 주인들은 대부분 나 같은 어린애가 찾아온 것부터 귀찮아했다. 나를 바라보는 시선도 예사롭지 않았다. 지금 이 시간에 학교에 있지 않다는 이유로 수상쩍게 보는 게 느껴졌다. 내 입장을 설명하고 싶었지만 기회조차 주지 않고 바로 내몰았다.

"너 같은 애 얼쩡거리면 장사 안 된다. 어서 나가거라."

"여긴 네가 할 일이 없어. 있어도 못 써. 어린애 썼다가 무슨 일 당할라고."

"애들이 공부나 할 것이지 이런 데는 왜 찾아와."

기운이 쭉 빠졌다. 맨땅에 헤딩하는 것은 역시 무리였다. 혼자 힘으로 아르바이트 자리를 얻는 것이 생각보다 어렵다는 걸 깨닫고 나자 송곳의 존재가 더 크게 느껴졌다. 그는 아는 형들을 통해서 아르바이트를 한 적이 있다고 했다. 송곳을 통해 그 형들을 만나는 게 가장 빠른 길인 것 같았다. 어제는 송곳이 화가 많이 나 있어서 말도 제대로 꺼내 보지 못했지만 그를 다시 만나서 사정을 해 봐야겠다고 마음먹었다. 내 처지를 충분히 설명하면 부탁을 들어줄 거야. 나는 희망을 가지려고 일부러 큰소리로 중얼거렸다. 송곳은 그렇게 인정머리 없는 애가 아니니까. 오해가 풀리고 나면 예전처럼 내 편이 되어 줄 거니까.

나는 수업을 마친 깡통을 만나러 가면서 생각했다. 내가 무단결석을 한 데 대한 담임 선생님의 반응을 듣고 나서 다시 송곳을 찾아가야겠다고. 이번에는 어떻게든 내 사정을 소상히 전하고 도움을 꼭 받아 내야겠다고.

깡통과 만나기로 한 장소는 학교 근처의 놀이터 벤치였다. 도착해 보니 그는 먼저 와서 기다리고 있었다. 내가 다가가자 깡통이 벤치에서 벌떡 일어섰다. 얼굴을 잔뜩 찡그린 채로. 불길한 예감이 앞을 가로막았다.

"영호야, 큰일 났어."

나는 유난히 겁이 많은 깡통이 호들갑을 떠는 것이길 바랐다. 하지만 아니었다.

"너 때문에 송곳이 학생과장한테 끌려갔어."

"아니 왜?"

"송곳 때문에 네가 가출한 걸로 소문이 났어."

"그게 무슨 소리야?"

"너 어제 우리 집에 오기 전에 송곳 만났다면서? 그 이야기를 누가 했나 봐. 그것 때문에 네가 가출한 게 송곳하고 관련이 있다고 생각하는 것 같아."

"말도 안 돼. 그리고 내가 오늘 하루 학교 안 간 걸 갖고 왜 가출했다고 소문이 나?"

"오늘 너희 새엄마가 학교에 오셨대. 그래서 어제 네가 가출했다고 말했고, 그 말이 교무실에 퍼지면서 아이들한테까지 전해진 거야."

나는 아차, 싶었다. 새엄마가 어제 저녁 식탁에서 학교에 간다는 말은 했지만 오늘 당장 달려갈 거라는 생각은 하지 못했다. 내가 어제 집에 들어가지 않았기 때문에 먼저 나를 찾거나 기다리거나 할 줄 알았다. 학교에 가더라도 일단 나를 만나서 이야기를 좀 한 다음일 거라고 생각한 내가 너무 순진했다.

또 송곳이 나 때문에 끌려갔다는 사실도 충격이었다. 내가 어제 송곳을 만났을 때 꽹과리와 그의 친구들도 같이 있었다. 그들 중 한 명이 그 사실을 말했을 것이다. 그들은 먼저 가고 나와 송곳 둘만 남았었으니까.

내 표정을 살피던 깡통이 눈에 힘을 주며 충고를 했다.

"어쨌든 앞으로 송곳이랑 만나지 마. 너랑 송곳은 안 어울려. 걔는 깡패야. 너를 이용하고 있다고!"

나는 어이가 없었다. 깡통은 지난번에도 비슷한 충고를 했었다. 그럼 내가 깡통 너랑은 잘 어울린다고 생각해? 이렇게 묻고 싶었다.

누가 누구랑 어울리는지 그렇지 않은지를 나누는 것은 어른들의 생각이다. 공부 잘하는 아이는 잘하는 아이들끼리, 멍청한 아이는 멍청한 아이들끼리, 노는 아이는 노는 아이들끼리 어울리게 하면 그만큼 통제하기 쉬울 것이다. 그리고 이런 구분은 다분히 공부를 잘하거나 말 잘 듣는 아이들만을 배려하기 위한 조치다. 우열반을 나눠서 공부를 시킨다는 발상도 마찬가지가 아닌가. 그들은 그렇게 함으로써 꽤 중요한 역할을 한다고 생각하는 게 분명하다. 어른들은 늘 자기네 생각만이 옳다고 믿으니까. 문제는 깡통 같은 아이들이 어른들의 생각을 무조건 받아들인다는 데 있다. 게다가 그것을 퍼뜨리고 강요하기까지 한다. 왜 우리가 어른들의 고정관념에 갇혀서 살아야 하지?

"야, 넌 다 좋은데 딱 한 가지 못마땅한 게 있어."

마음 같아서는 직격탄을 날리고 싶었지만 깡통과의 관계를 생각해서 돌려 말했다. 앞부분의 다 좋다는 표현 때문인지 그는 웃는 얼굴로 물었다.

"그게 뭔데?"

"네 생각을 말하지 않고 다른 사람 생각을 네 생각처럼 말하는 거."

"어려워. 쉽게 말해 봐."

"선생님들이 송곳을 깡패 취급하니까 너도 따라서 그러는 거잖아. 송곳이 너한테 피해를 주거나 힘들게 하지 않았는데도."

내 말에 깡통은 정곡을 찔린 것 같은 표정을 지었다. 뒤이어 곧바로 얼굴 가득 웃음을 지었다.

"인정. 네 말이 맞아. 선생님들이 자꾸 그렇게 말하니까 저절로 그런 생각을 하게 된 것 같아. 하지만 언제 송곳 같은 애들이 나를 괴롭힐지 모르긴 하잖아."

"그것도 선생님들이 심어 준 거잖아. 송곳 같은 애들은 자기네들이 그런 취급을 받으니까 그렇게라도 자기 존재감을 확인하려는 거고."

"그 부분도 인정. 야, 그런데 넌 어쩌면 말을 그렇게 잘하냐. 나한테 너 같은 친구가 있다는 게 정말 자랑스럽다."

"나도 이런 네가 좋아. 인정할 게 있으면 우기지 않고 바로 인정하잖아."

우리는 마주보며 웃었다. 웃음의 끝자락에서 내가 어제 있었던 상황을 이야기했다. 깡통이 그 내용을 아이들에게 퍼뜨려 주기를 은근히 바라면서.

"어제 집에서 뛰쳐나오자마자 송곳을 찾아갔었어. 내가 부탁이 있어서 일부러 만나러 간 거야. 그런데 지난번 일로 화가 나서 나랑 얘기도 안 하려고 하더라. 내가 붙잡는데도 뿌리치고 그냥 가 버렸어. 그랬는데 자기 때문에 나한테 무슨 일이 생겼다는 말을 들었으니 얼마나 억울하겠어."

나는 내가 한 말이 깡통의 머릿속에 잘 저장되기를 바라면서 한마디 더 덧붙였다.

"당장 집에 들어가야겠어. 월요일부터 학교에도 가고. 나 때문에 괜히 엉뚱한 애가 피해를 보게 할 수는 없어. 아무튼 어제 네 덕분에 잘 잤어. 고마워."

"그래, 잘 생각했어. 어젠 나도 고마웠어. 네가 날 찾아와 줘서."

그만 들어가 봐야겠다고 하면서 일어서자 깡통도 따라 일어섰다. 서로 잘 가라는 인사를 하고 돌아서는데 깡통이 다시 나를 불러 세웠다.

"너, 어제 한 약속 잊어버리지 마."

"무슨 약속?"

"나 글쓰기 가르쳐 주기로 한 거. 교지에 꼭 내 글을 싣고 싶어."

나는 크게 고개를 끄덕였다. 어제 받은 느낌으로는 쉽지 않을 것 같은 생각이 들었지만 그런 내색은 하지 않았다. 그보다 내가 더 문제였다. 나는 오전 내내 단 한 자도 쓰지 못했던 사실을 떠올렸다. 일단 집으로 돌아가고 학교로 돌아가서 교지에 실릴 소설부터 완성해야겠다고 생각했다. 정말로 그 소설을 읽고 독지가가 나타나 줄지도 모르는 일이니까.

그날 나는 집에 들어가서 늘씬하게 얻어맞았다. 맞는 동안 아무 저항도 하지 않았다. 날 죽여 줍쇼, 하는 자세로 가만히 있었다. 그래서 더 실컷 맞았다.

일부러 늦게 들어갔는데도 그 시간까지 아버지는 귀가하지 않은 상태였다. 한꺼번에 혼이 나면 나을 것 같아서 머리를 좀 썼는데 헛수고였다. 새엄마는 몹시 당황한 얼굴로 나를 맞았다. 내가 그대로 나가 버리기를 바랐다가 하루 만에 돌아오니까 많이 놀란 것 같았다. 하지만 곧 이죽거리기 시작했다.

"어니 가서 뒈신 줄 알았더니 살아서 기어 들어오네. 사람 그렇게 걱정시켜 놓고 어디 가서 뭐하다 이제 들어오는 거야?"

새엄마는 잠도 충분히 자고 먹을 것도 잔뜩 먹었는지 혈색이 아주 좋아 보였다. 새엄마가 걱정할 여자가 아니라는 걸 잘 알기 때문에 나는 들은 체도 하지 않았다.

거실을 지나 철수와 같이 쓰는 방으로 들어가려고 하는데 새엄마가 뒤에서 나를 불러 세웠다. 돌아보자 집게손가락으로 자기 쪽으로 오라는 시늉을 했다. 나는 순순히 다가갔다. 새엄마가 오른손을 들어 내 뺨을 세게 후려쳤다. 눈앞에서 한 무더기의 노란 별들이 나타났다가 흩어졌다.

아악! 찢어지는 듯한 비명 소리가 났다. 영희 입에서 튀어나온 것이었다. 나는 여동생을 바라보며 고개를 가볍게 흔들었다. 괜찮으니까 가만히 있으라는 뜻으로. 새엄마가 영희를 한 번 째려보더니 나를 정면으로 바라보았다. 어느새 그녀의 손이 내 멱살을 잡아 흔들고 있었다.

"야, 이 못 배워 처먹은 놈아. 어제 그 난리를 피우면서 나갔다가 하루 만에 기어들어 왔으면 무릎 꿇고 싹싹 빌기부터 해야 할 거 아냐. 어머니 잘못했습니다, 하면서."

나는 내 귀를 의심했다. 이 여자가 혹시 돌아 버린 게 아닐까. 정말로 내가 자기한테 그럴 거라고 생각한단 말인가. 나는 어처구니가 없어서 새엄마의 눈을 똑바로 바라보았다. 독기를 가득 품고 있어서 쳐다보는 것만으로도 전율이 느껴졌다. 자세히 보니 그 눈에는 독기만 있는 게 아니었다. 조롱과 비아냥이 함께 들어 있었다.

그 순간 내 안에서는 두 개의 내가 꿈틀거렸다. '들이받아 버리고 싶은 나'는 새엄마 하는 꼴을 보라고, 이 집구석에 무슨 희망이 있냐고 다그쳤다. 그냥 하고 싶은 대로 퍼붓고 당장 필요한 짐을 챙겨서 나가라고 부추겼다. '숙이고 들어가자는 나'는 일단 이 사태를 잘 넘기라고 속삭였다. 지금 섣불리 행동해서 일을 키우기보다는 새엄마가 하는 짓거리를 잘 봐두었다가 그걸 소설로 써서 복수를 하라고 권했다.

두 개의 내가 엎치락뒤치락하다가 '숙이고 들어가자는 나'의 주장을 따르기로 했다. 지금 이 상황에서는 들이받고 나가는 게 별 실속이 없다는 생각이 들었다. 그건 일시적인 기분 풀이만 될 뿐이었다. 반면 소설을 써서 복수를 하는 것은 꽤 매력적으로 느껴졌다. 내가 지금 처한 상황과 새엄마의 횡포를 그대로 쓰는 것만으로도 갈등 구조를 충분히 그려 낼 수 있을 것 같았다. 교지에 소설이 실리면 그것을 보는 사람마다 새엄마의 파렴치한 행동에 치를 떨 게 틀림없었다. 집을 나가는 건 그렇게 복수를 하고 난 다음에 감행해도 괜찮을 것이었다.

생각이 정리되자 나는 새엄마가 어떤 짓을 더 하는지 지켜보기로 했다. 한 번도 해 본 적이 없는 행동도 해 보자고 마음먹었다. 새엄마가 시키는 대로 나는 그 자리에서 무릎을 꿇었다. 그리고 말했다.

"잘못했습니다, 어머니."

고개까지 숙이지는 않았기 때문에 나는 새엄마가 흠칫 놀라는 모습을 놓치지 않고 볼 수 있었다. 초조한 모습을 지켜보고 있던 여동생 영희도 무척 놀라는 기색이었다. 철수는 고개를 갸웃거리면서 이상하다는 표정을 짓고 있었다. 나는 새엄마가 내 예상을 벗어난 행동을 할지도 모른다고 기대했다. 하지만 잠시 당황하더니 곧 본래의 모습으로 돌아왔다.

"이제야 네가 말귀를 알아듣는구나. 그래, 당연히 잘못했지. 잘못했으니까 매를 좀 맞아야겠지? 영희야, 너 몽둥이 좀 가져오너라."

역시 잔인한 여자였다. 내가 무릎까지 꿇었는데도 기어이 매질을 하겠다는 거였다. 그것도 여동생의 마음까지 괴롭히면서. 영희는 내 옆에서 무릎을 꿇더니 새엄마를 향해 두 손을 싹싹 빌었다.

"엄마, 작은오빠가 잘못했다고 하잖아요. 용서해 주세요, 엄마."

영희는 지금 공연한 짓을 하고 있는 것이었다. 나는 일부러 그

러는 것이지만 영희는 진심이었다. 나는 못된 놈이지만 영희는
착한 아이니까. 내가 알고 있는 그 어떤 여자보다도 나쁜 심성
을 지닌 새엄마는 영희의 마음을 짓밟았다.

"몽둥이 가져오라는데 지금 뭐하는 짓이야? 너도 한번 맞아
볼래?"

그때 하마터면 나는 '들이받아 버리고 싶은 나'한테 질 뻔했
다. 새엄마가 여동생 몸에 손을 댔다면 나는 참지 못했을 것이
다. 영희가 계속 용서해 달라고 빌며 몽둥이를 가져오지 않자
새엄마는 철수에게 그 일을 시켰다. 새엄마 다음으로 나를 못마
땅하게 여기는 철수는 바로 튀어 나가더니 어디선가 이상하게
생긴 막대기를 들고 왔다.

그때부터 나는 꼼짝도 하지 않고 새엄마에게서 매를 맞았다.
몽둥이는 어깨와 등짝과 허벅지를 옮겨 다니면서 통증을 안겨
주었다. 새엄마의 매질은 교묘하게도 옷 밖으로 드러난 피부는
잘 피해 갔다. 나는 찍소리도 하지 않고 그 매를 고스란히 다 맞
았다. 옆에서 여동생이 비명을 지르고 울음을 터뜨렸지만 나는
못 들은 체했다. 영희의 모습을 보지 않으려고 일부러 눈도 감
고 있었다. 그리고 그 고통을 세세하게 느끼려고 애를 썼다. 소
설에 써야 하니까.

"독한 놈. 하여튼 핏줄은 못 속인다니까."

마지막 매질을 멈춘 새엄마 입에서 흘러나온 말이었다. 다른 때 같았으면 그게 무슨 말이냐고 따지며 대들었을 것이다. 나는 끝까지 입을 열지 않았다. 다 맞고 나서도 조용히 방으로 들어가서 꼼짝도 하지 않고 있었다. 크게 잘못을 뉘우치고 반성을 하고 있는 아이처럼. 나는 속으로 이를 갈면서 악랄하게 복수하겠다고 벼르고 또 벼렸다.

아버지가 귀가하고 나서 나는 또 불려 나갔다. 아버지 앞에서도 나는 똑같은 방식으로 무릎을 꿇었다.

"잘못했습니다, 아버지."

아버지는 새엄마에게 따끔하게 벌을 주었느냐고 물었다. 새엄마는 간드러지는 목소리로 대답했다.

"제가 혼을 좀 내긴 했어요. 하지만 혈기왕성한 사내아이라 여자인 제가 혼내 봤자 기별이나 가겠어요? 아버지한테 제대로 벌을 받아야 정신을 차리겠죠."

결국 더 때리라는 소리였다. 눈치 보기에 급급한 아버지는 또 몽둥이를 찾았다. 나는 엎드려뻗쳐를 한 다음 엉덩이를 맞았다. 아버지도 마음이 편치 않았는지 말없이 때리기만 했다. 새엄마는 옆에 붙어 서서 한 번만 더 그런 짓을 하면 다리몽둥이가 부러질 줄 알라며 이죽거렸다. 여동생은 거실 구석에 서서 훌쩍거리며 눈물을 삼켰다. 처음 몇 대는 아팠지만 나중에는 감각이 별로 느껴지지 않았다. 다 때리고 나서 아버지는 새엄마 들으라는 듯 큰소리로 말했다.

"한 번만 더 그런 짓 하면 다시는 널 안 볼 테니 그런 줄 알아라."

'안 그래도 곧 못 보게 될 거니까 조금만 기다리세요.'

나는 과장되게 고개를 숙여 보인 다음 내 방으로 들어갔다. 여동생이 따라 들어왔다.

"오빠 겨우 그 정도밖에 안 되는 사람이었어? 정말 실망이야. 나 이제부터 오빠 미워할 거야. 앞으로 나한테 아는 척도 하지 마."

팩 쏘아붙인 다음 영희는 홱 돌아서서 방을 나갔다. 나는 영희에게 많이 미안했지만 아무 말도 할 수가 없었다. 책상 앞에 앉은 나는 노트와 연필을 꺼냈다. 온몸이 욱신욱신 쑤셨지만 정신은 아주 맑았다. 내가 써야 할 내용들이 파도처럼 밀려왔다.

주인공은 시시각각 달라지는 감정의 변화를 주체 못하는 열다섯 살 먹은 사내아이. 럭비공처럼 어디로 튈지 모르는 그 아이에게는 무조건적인 관심과 사랑이 필요하다. 하지만 학교에서는 선생님들이 날마다 성적을 올리라고 스트레스를 주고 집에서는 새엄마가 가자미눈을 뜨고 못 잡아먹어서 안달이다. 그러다가 아이는 엉뚱한 오해에 휘말려 난처한 입장이 되고 그 일로 갈등이 더 커지면서 가출을 결심하게 되고……. 일단 여기까지 상황 설정을 해 놓았다. 자연스럽게 떠오른 제목은 주인공 나이와 같은 '15세'. 주제는 열다섯 살짜리 아이들이 물살 센 사춘기의 강을 어떻게 건너가는가를 탐색하는 것으로 정했다.

기본적인 틀을 세우고 나니 기분이 몹시 좋아졌다. 나는 맨 위에 제목을 적고 나서 한 자씩 쓰기 시작했다.

'열다섯 살은 인생을 알 만한 나이는 아니지만, 눈치를 볼 줄 알아야 하는 나이다.'

첫 문장이 아주 마음에 들었다. 나도 모르게 히죽히죽 웃음이 나왔다. 그때 방을 같이 쓰는 철수가 들어왔다. 그는 내 표정을 보더니 고개를 갸우뚱했다. 내 머리가 이상해졌다고 생각하는 것 같았다. 그 순간 나도 생각했다. 어쩌면 머리가 이상해졌는지도 몰라. 아니 열다섯 살 먹은 아이들은 다 머리가 이상할 수도 있어. 그렇지 않으면 지금 처해 있는 상황을 감당해 낼 수가 없으니까. 나는 철수에게서 시선을 돌려 다시 노트에 코를 박고 다음 문장을 썼다.

'이건 내 생각이 아니라 새엄마가 나를 윽박지르며 강요하는 사항이다.'

두 번째 문장도 마음에 들었다. 나는 곧바로 소설에 빠져들어서 계속 써 나갔다.

우리 그만 헤어져

"우리 그만 헤어져."

명숙이 툭 내뱉듯이 말했다. 밑도 끝도 없이 던진 말이라 나는 어이가 없었다. 장소는 우리가 가끔 만나는 제과점이었고 우리 앞에는 빵 네 개와 두 잔의 우유가 놓여 있었다. 나는 빵을 집으려다 말고 물었다.

"왜 또?"

'또'라는 말을 붙인 이유는 명숙이 툭하면 나에게 헤어지자고 했기 때문이었다. 그녀는 아주 작은 불만이나 서운한 점이 있어도 헤어지자는 말부터 꺼냈다. 처음 그 말을 들었을 때는 무척 놀라고 당황했다. 나도 모르는 사이에 내가 무슨 큰 잘못을 했나 싶어서. 하지만 그 원인이 아주 사소한 무관심 때문이라는 게 밝혀지자 어처구니가 없었다. 그 다음에 또 그런 일이 일어났을 때는 앙탈을 부리는 모습이 귀여웠다. 그 후에도 계속 헤어지자는 말을 꺼내자 화가 났다. 그 말 때문에 대판 싸운 적도 있었다. 그런데도 명숙은 멈추지 않았다.

한번은 짜증이 나서 나도 같이 헤어지자고 했다. 명숙이 어떻게 나오나 한번 보자는 심산이었다. 한편으로는 너무 지겨워서 진짜 헤어져 버릴까 하는 생각도 있었다. 나는 명숙이 잘못했다고 하면서 다시는 안 그러겠다고 할 줄 알았다. 그건 대단한 착각이었다. 네가 어떻게 나한테 헤어지자고 할 수가 있어? 이 말을 시작으로 틈만 나면 나를 공격했다. 나랑 헤어지고 싶어서 일부러 그러는 거지? 지금도 나하고 헤어질 구실을 찾고 있는 거야? 어차피 우리 헤어질 사인데 왜 자꾸 참견하고 그래? 이런 말들을 수도 없이 들어야 했다. 그렇게 혹독하게 시달리고 나서야 나는 알게 되었다. 여자가 헤어지자는 말을 하는 건 진짜 헤어지는 게 아니라 자기한테 더 잘하라는 뜻이라는 것을.

명숙은 대답을 하지 않고 잠시 뜸을 들였다. 나는 내 말투에 기분이 상했나 싶어서 슬그머니 눈치를 봤다.

"그냥, 그게 좋을 것 같아서……."

명숙이 이런 식으로 말할 때는 왜, 무슨 일이 있는데? 하면서 걱정하는 목소리로 물어 주기를 바란다는 걸 경험으로 알고 있었다. 그냥 바로 말하면 될걸 왜 그런 과정을 거치려고 하는지 이해가 되지 않았다. 성질 같아서는 이렇게 쏘아붙이고 싶었다. 그게 좋을 것 같으면 네 멋대로 해, 나 먼저 갈 테니. 하지만 내 입에서는 내 생각과는 전혀 다른 말이 흘러나왔다.

"왜, 무슨 일이 있는데?"

"그냥……. 별일 아냐."

내가 물어 주자 명숙은 기다렸다는 듯이 대답했다. 나는 그녀가 듣고 싶어하는 말을 생각해 냈다.

"아니긴 뭐가 아냐. 네 얼굴에 무슨 일 있다고 쓰여 있는데. 무슨 일인지 나한테 말해 봐."

말을 하면서도 나는 몸이 근질거렸다. 이건 내 스타일이 아니었다. 명숙을 만난 이후로 계속 단련이 됐는데도 이런 식의 대화가 어색하고 불편하기만 했다. 하지만 그녀는 눈을 빛내며 나를 쳐다보았다.

"네 눈에도 내가 그렇게 보여? 그냥 아무 말 안 하고 있어도 그렇게 보이는 거지?"

나는 고개를 끄덕였다.

"그래서 더 너랑 헤어져야 할 것 같아. 내가 너, 더 힘들게 하기 싫어서."

이게 또 무슨 밑도 끝도 없는 소리란 말인가. 명숙이 이럴 때 미디 니는 그녀를 사귄 게 몹시 후회뇌었다. 모는 남자들이 여자를 사귈 때 다들 이렇게 시달리는지도 궁금했다. 나는 더 참지 못하고 목소리를 높이고 말았다.

"그러니까 왜 그러는 거냐고? 빨리 말을 해 봐. 빙빙 돌리지 말고!"

명숙의 눈이 갑자기 커졌다. 그녀는 원래 눈이 컸다. 내가 명숙에게 반한 건 그 큰 눈 때문이었다. 계란형 얼굴도 오똑한 콧날도 앵두 같은 입술도 다 예뻤다. 그 모두를 다 합한 것보다 눈이 더 예뻤다. 반짝반짝 빛이 나면서도 호수처럼 깊고 은은하면서도 사람을 강력하게 빨아들이는 듯한 기운이 느껴졌다. 화가 막 치솟다가도 명숙의 눈만 보면 흐물흐물 녹아 없어졌다. 우울하다가도 그녀의 눈을 들여다보면 기분이 상쾌해지고 즐거웠다. 하지만 그 큰 눈이 더 커지면 불안했다. 평소보다 더 커진 명숙의 눈은 공포를 느끼게 했다. 뒤이어 그녀의 눈동자에 그렁그렁 눈물이 차올랐다. 나는 당황해서 어쩔 줄을 몰랐다.

명숙은 손수건을 꺼내서 눈가를 찍어 눌렀다. 나는 잘못을 저지른 아이처럼 쭈뼛거리면서 주위를 둘러보았다. 제과점 안에 있는 몇몇 사람들이 우리 쪽 테이블을 힐끔거렸다. 도대체 무슨 짓을 했길래 저렇게 예쁜 여학생을 울리는 거야? 그들의 얼굴이 이렇게 말하는 것 같았다. 사람들의 시선을 의식하니까 조금 전에 들었던 미안한 감정이 금세 바뀌었다.

'내가 뭘 잘못했다고 눈물까지 흘려서 사람을 쪽팔리게 만드는 거야, 정말.'

명숙은 눈물을 찍어 내더니 나를 흘겨보았다. 검은 눈동자가 한쪽으로 쏠리면서 흰자위가 늘어났지만 전혀 사나워 보이지 않았다.

"넌 너 궁금한 것만 중요하고 내가 말하기 힘든 건 생각도 안 하지?"

사실이 그랬다. 그냥 말을 하면 되지 말하기 힘든 게 뭐가 있나. 그동안 명숙이 이런 식으로 뜸을 들이다가 꺼낸 말들 중에 특별하다고 느낀 것은 하나도 없었다. 내용이 심각해서 말하기 힘든 게 아니라 머뭇거리느라 힘들게 말한 것뿐이었다. 별것 아닌 걸로 자꾸 감질나게 하니까 짜증부터 났다.

하지만 오늘은 좀 달랐다. 평소보다 뜸을 더 오래 들이고 있었다. 뭔가 특별한 일이 있다는 느낌이 들었다. 눈물을 보인 것도 예사롭지 않았다. 나에게 가장 부족한 것이 인내심인데 있는 힘껏 더 짜내 보기로 했다.

"미안해. 내가 잘못했어."

"나도 미안해. 너도 답답할 거야. 나 자꾸 이러는 거."

그렇다면 명숙도 내 심정을 알고 있다는 것이었다. 모르는 것보다는 낫다고 생각하며 나는 그녀가 나음 말을 하기를 기다렸다.

"며칠 전에 알게 된 일인데…… 내가…… 엄마 딸 아니래."

명숙이 목소리를 한껏 낮추었기 때문에 나는 겨우 그 말을 들을 수 있었다. 가슴속에서 커다란 돌덩이가 하나가 쿵 하고 떨어져 내렸다. 명숙은 아빠보다 엄마를 더 좋아했다. 아빠보다 엄마하고 더 닮았다는 사실을 자랑으로 여기기도 했다. 나는 명숙을 만날 때마다 그녀가 엄마와 무엇을 하며 보냈는지에 대해 끊임없이 들어야 했다. 내색은 안 했지만 엄마의 사랑을 듬뿍 받고 있는 명숙이 무척이나 부러웠다. 그런 엄마가 친엄마가 아니라고? 어떻게 그럴 수가 있지?

"그게 무슨 소리야? 호, 혹시…… 잘못 안 거 아냐?"

나도 모르게 내 목소리가 떨렸다. 명숙이 고개를 가로저었다.

"아냐. 아빠한테 직접 들은 거야. 아빠가 바람 피워서 나 낳았나 봐."

그 말을 한 다음 명숙은 손수건을 눈에 갖다 대고 펑펑 울기 시작했다. 조금 전 가슴에 떨어진 돌덩이가 부서지면서 몸 속 깊은 곳을 찌르는 것 같았다. 호흡이 불편할 정도로 심한 통증이 느껴졌다.

명숙이 어떤 말을 듣고 싶어할지 잠깐 생각해 보았지만 떠오르는 것이 없었다. 할 수 없이 내 방식대로 표현했다.

"야, 그래도 넌 나처럼 학대받으면서 살진 않았잖아. 친딸도 아닌데 그렇게 끔찍이 사랑해 주셨으니까 네가 지금보다 더 감사하는 마음으로 잘해 드리면서 살면 돼."

내가 생각해도 꽤 근사하게 말한 것 같았다. 하지만 명숙에게는 전혀 위로가 된 것 같지 않았다. 아무 반응이 없었다. 내가 허공에 대고 말했나, 하는 생각이 들 정도였다. 그녀는 늘 그랬다. 크고 작은 여러 가지 문제에 대해서 미주알고주알 늘어놓으면 나는 서둘러 해결책을 제시했다. 그 말을 명숙은 전혀 귀담아듣지 않았다. 오히려 자기 문제에 대해서 섣불리 판단한다고 불평했다. 명숙이 원하는 건 그저 자기 이야기를 귀 기울여 들어 주면서 공감해 주는 것이었다. 오늘도 뒤늦게 깨달았다. 나는 다시 말했다.

"그랬구나. 많이 속상했겠구나. 그런 줄도 모르고 내가 짜증 내서 미안해."

그 말에는 즉각 반응이 나타났다.

"밤새 한잠도 못 자고 고민했어. 앞으로 어떻게 해야 하나 하고……."

어떻게 하긴 뭘 어떻게 해. 지금까지 행복하게 살아온 것처럼 그렇게 계속 잘 살면 되지. 눈으로만 그렇게 말했다. 벌겋게 충혈됐는데도 명숙이 눈은 예뻤나. 울음을 멈추게 하고 싶은데 좋은 방법이 생각나지 않았다. 나와 눈이 마주치자 명숙이 낮은 목소리로 덧붙였다.

"아무한테도 말 못 했어. 너한테 처음 하는 거야. 그런데 넌 내가 빨리 말 안 한다고 신경질이나 내고……. 그러고도 네가 내 남자 친구라고 할 수 있어?"

나는 속마음을 들킨 것 같아서 움찔했다.

"미안해. 너한테 그런 일이 있는 줄 몰랐어."

그 말을 하는데 배에서 꼬르륵 소리가 났다. 내 귀에만 들리고 명숙이 귀에는 들리지 않은 것 같았다. 들렸으면 빵을 먹으라고 권했을지도 모르는데. 나는 꼬르륵 소리조차 작게 나는 내 배가 원망스러웠다. 나는 어제 저녁부터 못 먹었기 때문에 배가 고파 죽을 지경이었다. 하지만 지금은 테이블 위에 있는 빵을 우걱우걱 씹어 먹을 분위기가 아니었다. 명숙이가 말을 꺼내기 전에 얼른 먹어 치우지 못한 게 몹시 후회되었다.

고픈 배를 움켜쥐면서 나는 생각했다. 이 상황에 이렇게 허기를 느끼는 걸 보면 나는 역시 명숙이를 정말 좋아하는 게 아냐. 또 다른 생각이 치고 올라왔다. 배고픈 것하고 좋아하는 것하고는 계통이 서로 달라. 두 가지 생각이 엎치락뒤치락했다. 명숙이를 좋아하면 배고픈 것 정도는 좀 참아. 걔는 너보다 더 안 먹었을 거 아냐. 명숙이를 위해서라도 지금 탁자 위에 있는 빵을 집어 먹어. 그래야 더 위로를 잘해 줄 수 있어. 갈등을 겪고 있는데 명숙이 나를 쳐다보면서 입을 열었다.

"나, 좀 걷고 싶어."

명숙이 가고 싶다고 한 곳은 도심에서 조금 떨어진 작은 공원이었다. 그곳은 우리가 처음 만나서 간 곳이었고, 그 후 몇 차례더 간 적이 있었다. 공원은 산을 끼고 있어서 경사가 가파른 편이었다. 제과점에서 공원 입구까지 걸어가는 것도 무리일 것 같은데 정상으로 올라갈 생각을 하니 걱정이 되었다. 그렇다고 안된다고 할 수는 없는 노릇이었다.

나는 씩씩하게 제과점을 나서서 앞장을 섰다. 손끝 하나 대지않고 고스란히 남기고 나온 빵이 아까웠지만 싸 달라고 할 수가없었다. 싸 갖고 가면 공원을 올라가다가 슬쩍슬쩍 먹을 수도있을 텐데. 하여튼 요즘은 통 되는 일이 없단 말야. 나는 허기를느끼지 않으려고 아랫입술을 깨물었다.

"내가 널 너무 힘들게 하지?"

횡단보도 앞에 서서 신호를 기다리는데 명숙이 불쑥 물었다.힘든 것보다 배가 너무 고프다고 말하고 싶었지만 내 입에서는생각지도 못했던 말이 튀어나왔다.

"왜 그런 생각을 해? 내가 위로를 제대로 못 해서 미안하지."

"아냐. 위로가 많이 돼. 역시 널 만나기를 잘했어. 고마워."

그렇게 말하면서 명숙이 내 손을 잡았다. 갑자기 온몸에 전류가 흘렀다. 얼굴도 화끈거렸다. 명숙은 나를 보고 있었지만 나는 다른 사람들의 시선을 의식해서 주위를 두리번거렸다. 그 순간에 자극을 받았다는 사실이 부끄러웠다. 나는 구제불능인가. 그 순간에도 내 배에서는 꼬르륵 소리가 났다. 밖이라 주변이 소란스럽기도 했지만 버스가 요란한 굉음을 내고 지나가는 바람에 그 소리가 내 귀에도 잘 들리지 않았다.

신호가 바뀌자 명숙은 잡았던 손을 놓고 횡단보도를 건넜다. 여전히 내 몸에는 전류가 흐르고 있었다. 그 사실을 들키지 않으려고 일부러 좀 더 앞서 걸었다. 명숙이 곧 뒤따라왔다. 도심을 벗어나서 공원 쪽으로 향하는 길은 인도가 무척 좁았다. 둘이 나란히 걸으면 손과 팔이 자주 부딪혔다. 나는 그 느낌이 좋았다. 그 사실을 단 한 번도 말한 적은 없었다. 그런 말은 하면 안 될 것 같았다. 그렇게 걷다 보면 목이 잠기기도 했다. 왜 전기가 통하는 것 같은 느낌을 받으면 목이 잠기는지 알 수 없었다. 저절로 침을 꿀꺽 삼키게 될 때도 있었다. 명숙은 아무렇지도 않아 보였다. 그러면 나도 아무렇지도 않은 척해야 한다. 그것이 내가 그녀와 만나면서 터득한 처세법이었다.

공원 입구에 다다를 때까지 우리는 아무 말도 하지 않았다.

명숙이 아무 말도 하지 않았기 때문에 나도 입을 다물고 있었다. 우리의 대화는 주로 그런 식이었다. 내가 먼저 말하는 경우는 극히 드물었다. 어쩌다가 내가 먼저 말을 시작해도 명숙이 다른 화제를 꺼내면 그쪽으로 넘어갔다. 그녀가 말을 많이 하기 때문이기도 했고 말을 잘하기 때문이기도 했다. 말이라고 하면 나도 우리 학교에서 누구에게도 지지 않는 편이지만 명숙에게는 게임도 안 됐다. 그러니까 그것만으로 내가 명숙이를 더 좋아한다고 생각하면 안 된다. 그런데 왜 내가 이런 생각을 하는 거지? 걸으면서 자꾸 손과 팔이 부딪혀서 그럴지도 몰랐다. 나는 조심하면서 걸었다.

공원 입구에 다다랐을 때 명숙이 다시 내 손을 잡았다. 아까보다는 사람들이 훨씬 적었기 때문에 나는 덜 부끄러웠다. 나도 명숙의 손을 꼭 잡아 주었다. 아까보다 더 강한 전류가 흘렀다. 하지만 명숙은 그 때문에 손을 잡은 게 아니었다.

"그냥 아무 말 없이 헤어질 수가 없어서 널 보자고 한 거야. 작별 인사라도 하려고."

나는 느낌이 복잡해져서 얼른 명숙의 손을 놓았다.

"그 사실 알게 됐는데 왜 나하고 헤어져? 무슨 상관이 있다고?"

내가 그렇게 물었다고 해서 명숙이와 영영 안 헤어지길 바란

건 아니었다. 남자와 여자가 만나서 사귀다가 얼마든지 헤어질 수 있다. 다만 지금 그런 문제로 헤어진다는 건 왠지 좀 이상하다는 생각이 들었던 것이다.

다행히 명숙은 공원 정상으로 가지 않고 가까운 벤치로 나를 이끌었다. 공원 매점이 바라다보이는 자리였다. 나는 반가워서 성큼성큼 걸음을 옮겼다. 명숙이가 화장실에라도 가면 재빨리 달려가서 무엇이든 사 먹을 수 있는 자리였다. 벤치에 앉아서 명숙은 다시 내 손을 잡았다. 나는 여전히 찌릿찌릿하고 좋았지만 명숙은 좀 다른 것 같았다. 불안해서 뭔가를 쥐고 있는 듯한 느낌.

"여기 오니까 좋다. 아까 거기는 너무 답답했어. 사람들도 많고. 이제 여기도 못 오겠지?"

아까 내가 물은 말에 대한 대답은 잘라먹고 명숙은 또 자기 이야기만 했다. 나는 그녀가 한 말에 대해 따지듯 물어봐야 소용이 없다는 걸 잘 알고 있었다. 지금 명숙이 바라는 건 하고 싶은 말을 할 수 있도록 적절한 질문을 해 주는 것이라는 사실도.

"무슨 생각을 하길래 그런 말을 해?"

"나, 아무래도 집에서 나와야 할 것 같아."

이번에는 커다란 돌로 머리를 한 대 얻어맞은 것 같은 충격이 느껴졌다. 집에서 나가려는 사람은 난데, 네가 왜? 입안에서 맴도는 말을 삼키면서 나는 명숙의 손을 더 세게 움켜잡았다.

"이번 일 겪으면서 네가 얼마나 힘들었을지 생각해 봤어. 정말 숨이 막혔겠구나 싶었어. 태어나서 처음으로 죽고 싶다는 생각까지 들었거든."

그 말이 내 가슴을 싸하게 만들었다. 얼마나 충격이 컸을까. 허공에서 곤두박질치는 기분이었을 거야. 죽고 싶은 심정도 이해가 돼. 그런 줄 알았으면 좀 더 잘 대해 줄걸. 나는 속으로 중얼거리다가 멈칫 놀랐다. 명숙의 마음을 헤아려 보는 내 모습이 낯설었다. 아주 잠깐이고 단편적인 깨달음이었지만 그건 내게 새로운 변화였다. 내가 다른 사람의 마음을 느껴 보려고 하다니!

명숙은 나를 만나는 동안 툭하면 불평을 했었다. 어쩌면 내 마음을 그렇게 모를 수가 있어? 여동생 영희도 입버릇처럼 말했었다. 오빠는 맨날 오빠 생각만 하잖아! 나는 명숙의 불만도 영희의 잔소리도 듣기 싫었다. 변덕이 죽 끓듯 하고 나와는 전혀 다른 관심으로 가득 차 있는 명숙의 마음을 안다는 것은 불가능한 일처럼 느껴졌다. 나 때문에 속상한 자기 마음을 헤아리지 못하고, 나 하고 싶은 대로만 한다고 못마땅해하는 영희의 푸념도 귀찮기만 했다. 내 생각과 다르면 이해할 수 없었고, 나 때문에 다른 사람이 어떤 심정이 되는지는 생각해 볼 겨를이 없었다. 그랬던 내가 갑자기 명숙의 마음을 헤아려 보게 된 것이었다. 왜 그런 변화가 나타났는지를 생각해 보는데 가슴이 뛰기 시작했다.

"나 좀 기대도 돼?"

명숙이 물었고 나는 대답 대신 그녀 쪽으로 조금 당겨 앉았다. 곧이어 명숙의 머리가 내 어깨에 와 닿았다. 푸근한 느낌이 내 안에서 소용돌이치고 있었다. 햇살이 내리쬐고 있어서 그런 게 아니었다. 부드러운 바람이 우리를 스치고 지나가서도 아니었다. 내가 누군가에게 위로가 되고 있다는 사실을 내 가슴이 뜨겁게 반가워하고 있는 것 같았다.

네 잘못 아니니까
괜찮아

월요일 아침, 내가 제 시간에 등교하자 교실 안이 술렁거렸다. 나에 대한 소문이 왁자하게 퍼져 있었다는 게 피부로 느껴졌다. 아이들은 자기네들끼리 수군거릴 뿐 아무도 나에게 말을 걸지 않았다. 묻지도 않는데 내가 먼저 말을 꺼내기도 어색했다. 아이들은 나를 쳐다보다가 눈이 마주치면 황급히 시선을 피했다. 마치 나를 구경하다가 아닌 척하는 것처럼. 소문의 주인공이 된다는 게 이런 거구나, 하는 생각이 들었다. 자연스럽게 깡통 자리와 송곳 자리로 눈길이 갔다. 깡통은 나를 보면서 히죽히죽 웃었고 송곳은 외면한 채 앞만 보고 있었다.

아침 조회를 하러 들어온 담임이 멈칫 놀라는 눈치였다. 나는 벌떡 일어나서 꾸벅 인사를 하며 큰 소리로 말했다.

"연락도 못 드리고 결식해서 죄송합니나."

선생님의 얼굴이 활짝 펴졌다. 나도 따라 웃었다. 정말 아무 일도 없었다는 듯이.

"영호가 오늘 등교했으니까 가출했다는 건 헛소문으로 밝혀진 거다. 그것이 누구 때문이라는 말도 잘못 전해진 거고. 이번 영호 문제로 다들 느꼈겠지만, 확인도 안 해 보고 무턱대고 소문을 내는 건 엉뚱한 오해를 불러일으키게 되고 다들 피해자가 된다. 앞으로 우리 반에서는 그런 일이 없도록 하자, 알겠지?"

"넷!"

아이들이 힘차게 대답했다. 조회가 끝나고 아이들이 수업을 받기 위해 반 이동을 시작했다. 선생님은 나에게 교무실에 들렀다 가라고 했다. 교실을 나가기 전에 송곳이 앉은 자리로 갔다.

"나 때문에 네가 공연한 오해를 받았다면서? 그럴 거라고는 생각도 못 했는데…… 본의 아니게 미안하게 됐다."

"네 잘못 아니니까 괜찮아."

송곳은 이 한마디만 하고는 등을 보였다. 나는 머쓱해졌다. 내가 서둘러 집에 돌아가고 학교에도 나와야겠다고 생각한 데는 송곳이 받고 있는 오해를 빨리 풀어 줘야 한다는 생각도 있었다. 그 마음을 알아 달라는 건 아니지만 그래도 딱딱하기만 한 그의 태도가 너무 서운했다.

교무실로 내려가자 선생님들이 모두 한마디씩 했다.

"너, 이 녀석, 무단으로 결석했다면서?"

"너도 사춘기의 강을 힘겹게 건너는 중이냐?"

"중2병이 정말 있다니까. 안 걸리는 놈이 없어요."

나는 선생님들이 뭐라고 할 때마다 일일이 고개를 숙였다. 머리를 쥐어박는 선생님도 있었지만 나를 문제아 취급 하는 것 같지는 않았다. 회의실에서 내 뺨을 후려쳤던 생물 선생님은 예외였다. 그는 나를 째려보더니 손가락으로 머리를 가리키면서 지나갔다. 뇌에 문제가 있다는 걸 알려 주려는 듯이.

담임 선생님은 또 나를 회의실로 데리고 들어갔다. 아까 교실에서와는 달리 얼굴 표정이 굳어 있었다.

"야, 이놈아, 도대체 어떻게 된 일이야?"

"죄송합니다."

"죄송하다고만 할 게 아니라 왜 그랬는지 말을 해 봐."

"저도 모르게 욱할 때가 있는데 그걸 못 참아서 그런 것 같습니다. 새엄마하고 사이도 안 좋고 해서……."

나는 일부러 새엄마 이야기를 꺼냈다. 역시 담임의 반응이 바로 달라졌다.

"새엄마였어? 사이가 많이 안 좋아?"

"네. 그래서 엄마 모시고 오라고 해서 제가 싫어했던 겁니다."

"그랬구나. 그래도 엄마는 엄마지. 새엄마라고 해서 편견을 가질 필요는 없어. 엄마가 네 걱정을 참 많이 하시던데."

그거 다 가증 떠는 겁니다. 이 말이 목구멍을 막 넘어왔지만 입 밖으로 내보낼 수가 없었다. 나는 헛수고를 하고 있는 중이었다. 아니 오히려 사태를 악화시키는 것 같았다. 나는 또 다시 화가 났다. 어른들은 왜 늘 자기 생각만 옳다고 믿는 거지? 내가 싫어한다고 하면 그 사실을 있는 그대로 받아 주면 안 되나? 나는 지난번과 같은 행동을 하지 않으려고 꾹 참았다.

"그래도 이렇게 바로 돌아와서 다행이다. 앞으로 절대 그런 짓 하지 말고 더 모범을 보여, 이 녀석아. 반성문도 따로 써 내고."

담임은 손을 내밀어서 엄지와 집게로 내 볼을 잡았다. 그러곤 몇 번 흔들었다. 당황스러웠다. 열다섯 살이나 된 나를 아이 취급하다니. 그래서 내 말은 제대로 안 듣고 새엄마를 만나서 내 문제를 이야기한 거야. 그런 생각을 하니 저절로 한숨이 나왔다. 선생님은 손바닥으로 내 볼을 톡톡 두들겨 주고 나갔다. 내가 화가 나 있는 줄도 모르고.

이동 수업을 하러 간 반에서는 별 반응이 없었다. 그 교실에서 나의 결석에 관심을 보인 아이는 딱 두 명이었다. 한 명은 바로 옆자리에 앉아서 공부하는 짝 왕눈이. 다른 한 명은 내 일거수 일투족을 지켜보면서 딴지를 거는 뱁새. 왕눈이는 하루 종일 옆자리가 비어 있었으니까 못 느낄래야 못 느낄 수 없었을 것이다.

"무슨 일 있었어?"

내가 자리에 앉자 왕눈이가 물었다. 그 질문을 통해 나의 결석을 그가 어떻게 생각하는지 알 수 있었다. 평소와 다르게 옆자리가 비어 있었던 데 대한 단순한 궁금증. 왕눈이에게 어떤 기대가 있었던 게 아니기 때문에 서운하지는 않았다. 나 역시 시시콜콜 내 사정을 이야기할 이유가 없었다.

"아니, 별일 아냐."

한 시간 수업이 끝나고 쉬는 시간이 되자 뱁새가 내 자리로 왔다. 그는 나에게서 어떤 변화를 찾아보려는 듯 고개를 이리저리 돌려가면서 나를 살펴보았다. 그러다가 어깨를 툭 치면서 물었다.

"야, 너 왜 학교 안 나왔어? 계속 안 나올까 봐 걱정했잖아."

그 말에 나는 놀랐다. 뱁새가 내 걱정을? 아니 왜? 애가 갑자기 하늘의 계시를 받고 개과천선을 했나? 너무 이상해서 멀뚱멀뚱 쳐다보는데 뱁새가 히죽거리며 다음 말을 이었다.

"네가 꼭 해 줘야 할 일이 있거든. 지난번에 내가 족제비한테 억울하게 맞았잖아. 그 인간이 워낙 미친 개 같으니까 그냥 넘기려고 했는데 도저히 안 되겠어. 그래서 말인데…… 네가 앞장서서 서명 운동을 좀 해 줘. 족제비 물러나라고 말야."

내가 왜? 그 말이 입속에서 맴돌았다. 말을 하지 않아도 내 생각이 표정으로 드러난 모양이었다. 뱁새가 인상을 쓰면서 따지듯 말했다.

"넌 전교 부회장이잖아. 우리를 대표해서 우리의 권익을 주장하라고 널 뽑은 거잖아. 그러니까 네가 앞장서야지. 학생이 선생한테 억울하게, 그것도 복날 개처럼 그렇게 맞았는데 가만 있을 거야, 학생 대표가?"

뱁새의 목소리가 커지자 아이들이 우리를 힐끔거렸다. 왜 시끄럽게 구냐고 힐책하는 시선으로 느껴졌다. 이 반에서는 쉬는 시간에도 다들 공부하니까. 아이들 반응은 그렇더라도 공이 나한테 넘어온 이상 내가 가만히 있을 수는 없었다.

"선생님이 좀 심하긴 했지만, 네가 먼저 잘못해서 맞은 거잖아. 원인 제공은 네가 한 거라고. 그러니까 이 문제는 학생들이 나설 일이 아니라 네가 사회 선생님하고 해결해야 될 일이야."

"야, 족제비하고 나하고 게임이 되냐? 그런 인간을 나 혼자 감당하라고? 그리고 그 인간은 선생도 아냐. 서울대 간판만 겨우 따서, 기껏 중학교에서 선생질이나 하면서, 수업 시간에 수업하자는 학생이나 구타하는 인간 말종이라고. 그런 인간은 학교에서 내몰아야 된단 말야."

아까보다 목소리가 더 커진 뱁새는 두 주먹을 쥐며 부들부들

15세

떨기까지 했다.

"그렇게 못마땅하면 네가 해. 네가 피해 당사자니까 네가 서명 받으러 다니면 더 잘해 주겠네. 그러면 될걸 왜 나한테 해라 마라야."

"너는 학생 대표잖아. 네가 하는 거하고 내가 하는 게 같냐? 내가 하면 분해서 그러는 것 같지만 네가 하면 정말 우리의 권리를 위해서 하는 것 같잖아. 우리가 널 괜히 대표로 뽑은 게 아니야. 이런 일 하라고 뽑은 거라고!"

내가 서명을 받는다고 해도 아이들이 호응할 것 같지 않았다. 특히 지금 이 반에서는 더욱 더. 그리고 무엇보다 뱁새가 경거망동을 하다가 얻어터진 걸로 나서고 싶지 않았다. 솔직히 말하면, 뱁새가 얻어맞을 때 통쾌한 기분도 들었다. 내가 저렇게 패 주고 싶었는데 제대로 임자 만났네. 이런 생각을 했었다. 다른 아이들에게도 그런 생각이 들었을 수 있었다. 뱁새는 여기저기 휘젓고 다니면서 밉상을 잘 부리니까.

내가 꿈쩍도 하지 않자 뱁새가 나를 약 올리려고 수작을 부렸다.

"너 자꾸 이러면 학생 대표로서 본분을 다하지 못했다는 이유로 전교 부회장 퇴진 운동 벌일 거다. 그런 식으로 쫓겨나기 싫으면 일아시 해."

그 말에 약이 오르는 게 아니라 뱁새가 가소롭고 한심하게 느껴졌다. 그래 봤자 비웃음만 살 것이었다. 나는 천지를 모르고 깨춤을 추는 뱁새를 웃음거리로 만들어서 함부로 놀리는 입을 막아 버리고 싶었다.

"이 반에서 과반수만 서명에 동참하겠다고 해도 내가 네 말대로 해 줄게. 과반수 안 나오면 찍소리 말고 찌그러져 있어."

나는 자리에서 일어나 반 전체를 둘러보았다. 이미 큰소리가 여러 차례 오간 터라 반 아이들의 시선이 집중되어 있었다. 나는 박수를 두 번 쳐서 아이들의 시선이 흐트러지지 않게 한 다음 말했다.

"지금 이 친구가 지난번 일로 억울하다고, 사회 선생님 퇴진 서명을 받자고 하는데 동의하는 사람 손 들어 봐. 과반수 넘으면 서명운동 시작할 거야. 자, 동의하는 사람?"

교실 안이 고요해졌다. 원래 조용한 교실이 찬물을 끼얹은 것 같은 정적에 휩싸였는데 그것을 고요라고밖에 표현할 수가 없었다. 정말로 모든 것이 멈춘 것 같았다. 그 고요를 깨고 뱁새가 교실 안을 휘둘러보았다. 나도 앞자리부터 뒷자리까지, 왼쪽 끝에서부터 오른쪽 끝까지 주욱 훑어보았다. 손 든 아이가 없었다. 단 한 명도.

조금 전까지 나와 뱁새를 쳐다보고 있던 아이들은 다들 고개를 돌려서 책상 위를 바라보고 있었다. 쓸데없는 일에 끼어들지 않으려는 것처럼 보였다. 내 예상이 적중한 셈이었다. 좀 심하다는 생각도 들었다. 한 서너 명 정도는 손을 들 줄 알았다. 뱁새가 얻어터지던 날 사회 선생님한테 대든 아이도 있었으니까. 하지만 그 아이들은 그 순간 흥분했을 뿐이라는 게 증명된 것이었다.

막상 결과가 그렇게 나오고 나니 약간 후회가 되었다. 그렇게까지 면박을 줄 작정은 아니었다. 그저 아무 말이나 막 해 대는 입을 막아 놓을 정도만 생각했었다. 사실은 이 모든 것이 뱁새가 자초한 것이야. 내 책임은 아니야. 그렇게 생각해도 마음이 편해지지 않았다.

뱁새는 한참동안 나를 노려보았다. 할 수만 있다면 잡아먹기라도 할 기세였다. 그 눈빛을 보자 약간 들었던 미안한 마음이 싹 사라졌다. 내가 비웃듯이 쳐다보자 이를 악물며 몸을 돌렸다. 가만두지 않겠다는 의지가 고스란히 전해졌다. 네가 그래 봤자지. 나는 속으로 비웃었다.

열다섯,
알 만한 것은 다 아는 나이

　중학교 2학년이면 알 만한 것은 다 아는 나이이다. 여기서 말하는 '알 만한 것'은 성적인 부분을 지칭하는 것이다. 우리는 흔히 말을 하다가 그런 표현이 나오면 그런 뜻으로 받아들인다. 희한한 것은 누가 일부러 작정하고 알려 주지 않았다는 점이다. 물론 누군가가 알려 주어서 알게 되었을 것이다. 다만 그것을 기억하지 못할 뿐이다. 알게 된 건 기억하지만 알려 준 사람은 기억하지 못한다. 그렇기 때문에 우리는 성에 관련된 내용을 대부분 저절로 알게 됐다고 말한다. 저절로. 기가 막힌 일이다. 중학교 2학년이 안 된 아이들도 다 안다. 세상에 저절로 알게 되는 건 없다고. 하지만 이상하게도 성에 관련된 부분에서는 저절로 알게 되는 것들이 많다. 열다섯 살 무렵에는 특히 더 그렇다.

　문제는 이 사실을 선생님들이 잘 모른다는 것이다. 특히 여자 선생님들이. 여자 선생님들은 중학교 2학년 남자아이들을 그저 아이라고 생각한다. 물론 아이다. 그렇지만 보통 아이는 아니다. 사내아이다. 사내 구실을 할 수 있는 아이라는 말이다. 사내 구실을 할 수 있다는 말은 여자를 보면 여자로 느낀다는 뜻이기도 하다. 이 사실을 모르는 여자 선생님들은 우리를 어린아이 취급을 한다. 그래서 아무 생각 없이 덥석 안아 줄 때가 있다. 이때 남자아이들도 아무 생각 안 하는 게 아니다. 머리로는 생각을 안 하려고 해도 몸이 먼저 반응해서 생각을 하게 만든다. 그래서 당황한 아이가 몸을 빼려고 하면 더 세게 끌어안는다. 갑갑해서 그러는 줄 알고. 그게 아닌데.

국어 선생님이 복도에서 나를 안아 준 것도 마찬가지였다. 선생님은 나를 어린아이라고 생각하고 그랬다. 그건 당사자인 내가 가장 잘 알 수 있다. 선생님이 어떤 이유로, 어떤 모습으로 다가왔는지 잘 아니까.

쉬는 시간에 화장실을 다녀오는 길이었다. 복도에서는 아이들이 뛰어다니고 각 교실은 왁자하게 시끄러웠다. 우수반 교실만 조용했지 다른 교실들은 쉬는 시간이면 장바닥처럼 요란했다. 복도 중간쯤에서 나는 국어 선생님하고 마주쳤다. 다른 선생님들에게 하는 것처럼 가볍게 고개를 숙였다가 들었다. 그때 선생님의 환하게 웃는 얼굴이 눈에 들어왔다. 안 그래도 예쁜 얼굴인데 웃으니까 더 예뻤다. 나도 기분이 좋아져서 함께 웃었다. 선생님은 웃는 얼굴로 나를 쳐다보면서 걸음을 멈추었다. 그러니까 나를 보고 웃은 것이었다. 나도 무슨 일인가 싶어 그 자리에 섰다.

"어쩌면 그렇게 글을 잘 쓰니? 네가 쓴 소설 봤다. 아이구, 예뻐 죽겠어, 그냥."

그렇게 말하는 것과 거의 동시에 국어 선생님이 나를 안아 주었다. 마치 유치원생이나 초등학생을 안 듯이. 나는 당황해서 얼른 선생님을 뿌리치려고 버둥거렸다. 선생님은 재미있다는 듯이 깔깔깔 웃었다.

"수업 마치고 교무실로 와. 교지에 투고된 원고 골라야 하는데 네가 좀 도와줘."

국어 선생님은 그렇게 말한 다음 곧 나를 지나쳐 갔다. 하지만 바로 옆 교실에선 함성이 연달아 터져 나왔다. 마치 폭죽이 터지는 것처럼. 돌아보자 아이들이 복도 창문으로 내다보고 있었다. 어떤 아이는 머리를 내밀고 어떤 아이는 상체를 다 내민 상태였다. 와아~ 와우~ 우와와~ 아이들은 손을 흔들거나 눈을 크게 뜬 채로 있는 힘껏 소리를 질러 댔다. 나는 그게 무엇을 뜻하는지 금방 알아차렸다.

우연히 복도를 내다보던 서너 명의 아이가 선생님이 나를 안아 주는 장면을 봤을 것이다. 그 아이들이 보인 반응 때문에 다른 아이들도 복도 창에 우르르 매달렸을 가능성이 많다. 이건 사건이었다. 적어도 중학교 2학년 남학생들에게는 엄청난 폭발물을 터뜨린 것과 같았다. 더구나 상대는 우리 학교에서 제일 예쁜 국어 선생님이었다. 아이들은 선생님이 치마만 입고 와도, 립스틱 색깔만 바뀌어도 난리법석이었다. 그 선생님이 어른도 아니고 자기와 다를 바 없는 동급생을 끌어안다니.

그 일은 삽시간에 학교 전체로 퍼졌다. 내가 가출했다는 소문과는 비교도 되지 않았다. 성적이 좋은 아이들만 모아 놓은 반도 그 소문에는 흔들렸다. 그 일이 있고 나서 수업을 두 시간째 마치고 난 다음이었다. 화장실에 다녀온 옆자리의 왕눈이가 호들갑을 떨며 물었다.

"야, 너 백여우랑 포옹했다면서? 정말이야?"

"그런 거 아냐."

나는 당황스러웠지만 침착하게 대답했다. 왕눈이는 내 대답을 고스란히 믿으려고 물은 게 아니었다. 자기가 들은 소문이 맞다는 걸 확인하고 싶어하는 것이었다.

"거짓말 하지 마. 애들이 다 봤다는데 왜 그래."

그 말에 아이들이 우르르 몰려들었다. 뒷자리의 촉새도 거들었다.

"언제부터 그런 사이야? 복도에서 끌어안고 난리 부르스를 쳤다며?"

그러자 몰려 선 아이들이 한마디씩 했다. 와, 정말? 좋았겠다. 부럽다, 야. 나는 어처구니가 없었다. 모두 대꾸할 가치가 없는 말들이었다. 그렇다고 가만히 있다가는 억울한 누명을 쓰게 될 것 같았다. 나는 마음이 다급해져서 벌떡 일어났다.

"그런 거 아니라는데 왜들 그래? 선생님이 학생이랑 교실 복도에서 끌어안는다는 게 상식적으로 말이 돼? 그 말을 믿는 너희들이 이상한 거 아냐?"

"상식적으로 말이 안 되니까 애들이 그러는 거 아냐. 직접 본 애들이 말한 걸 물어보는데 왜 화를 내고 그래? 그러니까 더 이상하잖아."

또 뱁새였다. 그가 이죽거리는 꼴을 보니 더 화가 치밀었다. 나도 모르게 아이들을 밀치며 뱁새를 향해 달려들었다. 왼손으로는 그의 멱살을 틀어쥐고 오른손으로는 주먹을 움켜쥐며 그의 얼굴을 후려치려고 했다. 옆에 있던 아이가 벌떡 일어서면서 나를 말리지 않았다면 뱁새의 턱이 돌아갔을 것이다.

"이제 주먹질까지 하려고? 깡패들이랑 몰려다닌다고 하더니 이제 깡패 다 됐네. 학생 대표라는 놈이 깡패짓을 안 하나, 여선생이랑 복도에서 포옹을 안 하나, 정말 대단한 인물 나셨어."

나는 말리는 아이들을 뿌리치면서 기어이 주먹을 한 대 날렸다. 그때서야 뱁새는 입을 다물었고 아이들도 잠잠해졌다. 내 자리로 돌아오는데 기분이 아주 더러웠다. 이게 아닌데. 이러는 게 아닌데 내가 왜 이러지? 나는 내 의지와는 상관없이 일이 자꾸 꼬여 간다는 생각이 들었다.

수업을 한 시간 남겨 놓은 쉬는 시간에 깡통이 1반 교실로 찾아왔다. 그는 교실 문 앞에서 손짓으로 나를 불렀다. 한 번도 그런 적이 없었기 때문에 나는 속으로 걱정을 하면서 복도로 나갔다. 깡통은 나를 계단이 있는 곳으로 데려갔다.

"큰일 났어. 지금 너랑 백여우에 대한 소문이 쫙 퍼져 있어."

무슨 일이 있으면 큰일 났다고 운을 떼는 건 깡통의 습관이었다. 나는 별로 걱정할 일이 아니라는 듯 덤덤하게 말했다.

"알아. 그것 때문에 온 거야?"

"응. 근데 좀 심각해."

"그냥 선생님이 복도에서 내가 쓴 글 좋게 봤다며 애기 안 듯이 안아 준 거야. 심각한 거 아냐."

내 말에 짜증이 묻어 있었다. 깡통에게 기분이 나쁜 건 아니었다. 아까 교실에서 있었던 일이 마음을 어지럽혀서 그런 것이었다. 깡통이 내 눈치를 보다가 조심스러운 말부로 다시 말했다.

"그게 아니라…… 다른 쪽으로 심각해."

"다른 쪽으로 심각한 게 뭔데?"

"화장실에…… 너에 대한 낙서가……."

"나에 대한 낙서? 어떤 낙서?"

"그게…… 좀……."

"왜 이렇게 답답하게 굴어? 제대로 말을 해 봐, 시원하게!"

결국 나는 화를 내고 말았다. 깡통은 거의 울상이 된 얼굴로 더듬거리며 낙서의 내용을 말했다. 그 순간 온몸이 불덩이처럼 달아올랐다. 나는 공연히 짜증을 내며 깡통을 앞장세웠다.

화장실 문을 열자 낯 뜨거운 낙서가 눈에 들어왔다. 벽에 남자 성기와 여자 성기가 거의 맞닿을 듯이 가깝게 그려져 있었다. 그리고 남자 성기 옆에 '강영호', 여자 성기 옆에는 '홍미영'이라고 적혀 있었다. 홍미영은 국어 선생님 이름이었다.

말로 들어서 알고 있었지만 낙서를 직접 눈으로 확인하니까 피가 거꾸로 솟는 것 같았다. 누가 마구 두드리는 것처럼 가슴이 쿵쾅쿵쾅 뛰었다. 뺨을 얻어맞은 것처럼 얼굴이 화끈거렸다. 토할 것처럼 속이 메슥거렸다. 현기증이 나서 바닥에 주저앉을 것만 같았다. 내가 휘청거리자 깡통이 부축을 해 주었다. 잠시 호흡을 가다듬은 다음 나는 변기 옆에 놓인 청소도구를 집어 들고 신경질적으로 낙서를 문질렀다. 아무런 자국도 생기지 않았다.

15세

"내가 아까 지우려고 해 봤어. 그런데 뭘로 그렸는지 지워지지가 않아. 이따가 돌로 긁어 내거나 물감 같은 걸로 칠해 볼게. 그런데 여기만 그런 게 아냐. 저쪽 화장실에도 또 있어."

깡통의 손에 이끌려 나오는데 다리가 후들거렸다. 화가 나서 견딜 수가 없었다. 걸음이 잘 디뎌지지가 않았다. 나는 화장실 문을 걷어찼다. 문이 요란한 소리를 내며 닫혔다. 화장실에 들어와 있던 아이들이 놀란 눈으로 우리를 쳐다보았다. 깡통이 거칠게 나를 잡아끌었다.

"이 더러운 놈, 내가 가만두지 않을 거야."

수돗가에서 앞섶이 젖도록 물을 마신 다음 내가 이를 갈았다. 깡통이 나를 건너다보며 물었다.

"저런 짓을 할 만한 놈이 있어? 어떤 놈이 했는지 알겠어?"

내 머릿속에는 뱁새의 모습이 어른거렸다. 그 녀석 말고는 그런 짓을 할 놈이 없었다. 어떻게든 나를 괴롭히려고 안달이 난 놈이니까.

"그런데 이런 일은 직접 낙서하는 걸 보기 전에는 잡기 힘들 거야. 의심 간다고 범인으로 몰았다가 오히려 소문만 더 안 좋게 날 수도 있고."

내가 너무 흥분한 상태여서 그런지 깡통이 나보다 훨씬 더 생각이 많고 이성적인 것처럼 느껴졌다. 나는 그의 말에 고개를 끄덕였다. 그래도 머릿속에서 뱁새의 모습이 떠나지 않았다. 화가 가라앉지 않아서 숨을 고르게 쉴 수가 없었다.

"어쩌면 의외의 인물일 수도 있어. 예를 들어 송곳이라든가. 꽹과리일 수도 있고."

깡통이 눈을 가늘게 뜨며 혼잣말로 중얼거렸다. 저런 머리로 가끔 맞는 말을 하는 건 도대체 왜 그런 거지? 관심이 깡통에게로 옮겨 가자 오히려 조금 진정이 되었다. 그가 말도 안 되는 추리를 하고 있는 모습을 보는 건 여전히 짜증스러웠다. 그래도 나를 생각해 주고 배려해 주는 마음만큼은 고마웠다. 나는 깡통이 기분 나쁘게 느끼지 않도록 조심스럽게 말했다.

"먼저 들어가라. 나 지금 좀 혼자 있고 싶어."

내가 교무실로 내려간 것은 수업을 다 마치고 종례까지 마친 다음이었다. 낮에 있었던 사건 때문에 그냥 집으로 가 버릴까 잠시 망설였다. 하지만 그건 예의가 아닌 것 같았다. 오늘은 다른 일이 있어서 못 도와 드린다는 말이라도 하고 가야겠다는 생각이 들었다.

교무실로 들어가자 국어 선생님은 원고를 읽고 있었다. 선생님 책상 위에는 어지럽게 쌓여 있는 원고 뭉치들이 많았다. 아이들이 이렇게 원고를 많이 냈다는 사실이 조금 이상했다. 아이들은 대부분 글쓰기를 싫어하거나 어려워했다. 그것이 나를 부러워하는 이유 중 하나였다. 나는 선생님 앞으로 걸어가면서 어떤 식으로 말해야 할지를 궁리했다.

"이것 봐. 원고 정말 많지? 작년에는 안 그랬는데 올해는 담임을 맡은 선생님들이 서로 경쟁을 해서 이렇게 된 것 같아. 반 아이들 작품을 한 편이라도 더 실리게 하려고 아이들에게 의무적으로 써서 내라고 했대. 선생님들의 의욕은 좋지만 그 때문에 내가 고생이네. 네가 좀 많이 도와줘."

내가 말을 꺼내기도 전에 선생님이 먼저 선수를 쳤다. 머뭇거리고 서 있는데 앉으라고 자리를 내주었다. 선생님 바로 옆으로. 나는 일부러 의자를 움직여서 조금 떨어져 앉았다.

"아이들 원고 읽어보고 괜찮다고 생각되는 것들을 골라서 이쪽으로 놓아둬. 그러면 그중에서 최종적으로 내가 선별할 테니까. 이게 좀 귀찮은 일이긴 하지만, 남의 글 읽는 것도 자기 글 쓰는 데 도움이 돼. 그러니까 그 인상 좀 펴. 끝나고 가면서 내가 맛있는 거 사 줄게."

아까 낮에 있었던 일 때문에 신경이 쓰인 건데 선생님은 내가 귀찮아서 그런 거라고 생각하고 있었다. 오늘 못 도와 드린다고 해도 그렇게 받아들일 게 틀림없었다. 나는 조금만 하다가 다른 핑계를 대고 일어나야겠다고 마음먹었다.

첫 번째 원고를 펼쳐 들고는 곁눈질로 국어 선생님을 힐끔 쳐다보았다. 평소와 다름없는 자연스러운 모습이었다. 아이들 사이에 퍼진 소문이 교무실까지는 흘러 들어오지 않은 것 같았다. 아무리 아이들을 어린아이 취급해도 그런 소문이 돈다는 말을 들으면 태도가 달라질 것이었다.

아이들 원고는 대체로 형편없었다. 선생님이 시켜서 억지로 써 낸 티가 팍팍 났다. 그런 원고는 앞부분만 봐도 더 읽어 볼 필요가 없다는 걸 알 수 있었다. 전체적으로 완성도가 높은 원고가 앞부분만 안 좋은 경우는 거의 없었다. 그걸 알면서도 원고를 일단 잡으면 끝까지 다 읽었다. 건성으로 읽는다는 인상을 풍기고 싶지 않았다.

내가 왜 그런 걸 신경 쓰지? 갑자기 든 생각이었다. 내가 그런 것까지 신경 쓸 필요는 없었다. 나는 국어 선생님한테 잘 보이려고 와 있는 게 아니라 교지에 실릴 원고를 고르는 작업을 도와주러 와 있는 것이었다. 그러니까 그냥 앞부분이 엉망인 원고는 바로 제외시키자. 속으로 그렇게 마음먹었는데도 여전히 나는 원고를 다 읽고 있었다. 국어 선생님이 내가 열심히 하고 있다는 걸 알아주길 바라기라도 하는 것처럼.

잠시 뒤 나는 그 이유를 생각해 냈다. 선생님이 내가 쓴 원고를 칭찬해 준 것이다. 그 원고는 내가 처음 쓴 소설이었다. 소설의 모양을 제대로 갖추었는지도 자신 없었다. 처음에는 기세등 등하게 시작했지만 쓰는 동안 많이 힘들었다. 등장인물들의 감정이 지나치게 드러나는 게 마음에 걸리기도 했다. 안 실려도 할수 없다는 생각으로 낸 작품이었다. 그런데 그 작품을 좋다고 한것이다. 교지 담당인 국어 선생님이 말이다. 일단 실리는 건 확실하다는 얘기였다. 선생님이 복도에서 안아 준 것도 내 원고가 마음에 들었기 때문이었다. 그런 원고라면 그걸 쓴 내가 기뻐해야 하는 건 당연한 일이 아닌가.

하지만 나는 기뻐할 겨를이 없었다. 급작스럽게 퍼지는 소문과 아이들의 반응과 화장실의 낙서가 정신을 못 차리게 만들었다. 그 과정을 겪는 동안 기쁨은 무의식 속에 감추어져 버렸을수도 있었다. 그리고 원고를 읽는 동안 내 원고를 인정해 준 선생님에게 잘 보이고 싶어서 엉성한 원고도 끝까지 다 읽고 있었던 것이다. 나 나름대로 이렇게 분석할 수 있었던 것은 평소에 뇌에 관한 이야기를 많이 해 준 생물 선생님의 영향 때문이었다.

하지만 어디 그뿐인가. 내가 앞으로 철학자가 되려고 그러는지 생각이 꼬리에 꼬리를 물고 이어졌다. 지금 내가 국어 선생님한테 잘 보이고 싶은 게 오로지 내 작품을 인정받았다는 기쁨때문인가? 꼭 그렇지는 않다고 내면의 목소리가 말하고 있었다. 혹시 너도 국어 선생님을 좋아하고 있는 건가? 이 질문에 대해서 내면의 목소리는 어떤 답도 하지 못했다.

　많은 아이들이 국어 선생님을 좋아했다. 다른 여자 선생님을 좋아하는 아이들도 많았다. 하지만 그런 경우 국어 선생님도 좋아하고 다른 여자 선생님도 좋아했다. 다른 여자 선생님만 좋아하는 아이는 극히 드물었다. 이 말은 거의 모든 아이들이 국어 선생님을 좋아한다는 것이다. 나는 여자 선생님을 좋아하는 아이들을 비웃었다. 나에게 명숙이라는 여자 친구가 있어서 그런 게 아니었다. 아이들이 자기보다 한참 나이가 많은 여자를 좋아한다는 것 자체가 좀 웃기다고 생각했다. 그런 아이들을 한심하다고 여겼다. 그런 내가 국어 선생님을 좋아한다고? 아닌 것 같았다. 조금 더 생각해 보니 아닌 게 아닐 수도 있었다. 그 이유는 아니라고 확신에 차서 말할 수 없기 때문이었다.

　그런 생각을 하고 있는데 아까 국어 선생님이 복도에서 나를 안아 주던 장면이 자꾸 떠올랐다. 뒤이어 화장실 벽에 그려진 낙서도 생각났다. 얼굴이 화끈거렸다. 어쩌면 나는 선생님을 좋아하고 있었을지도 모른다. 그 사실을 자각하지 못하다가 복도에서 선생님이 한 돌발 행동 때문에 깨달았을 수도 있다. 그래서 내가 더 당황하고 화를 내고 흥분을 감추지 못했을 가능성이 많다. 그렇다면 오늘 나의 행동이 이해가 된다. 나는 그렇게라도 정리를 해 버리고 싶었다.

"참, 영호야."

국어 선생님이 갑자기 돌아앉으면서 말했다. 선생님에 대한 생각을 정리하고 있던 터라 나는 화들짝 놀랐다. 내가 놀라는 모습 때문에 선생님도 멈칫 놀라는 기색이었다.

"왜 그렇게 놀라? 너, 나한테 뭐 잘못한 거 있구나?"

말은 그렇게 했지만 선생님의 얼굴은 웃고 있었다. 나는 대답할 필요가 없다는 걸 알아차렸다.

"그 소설 내용이 진짜 네 얘기니?"

"네, 한 80퍼센트 정도는."

"새엄마에 대한 내용도?"

"그 부분은 100퍼센트 다 사실이에요."

"그렇구나. 주인공이 새엄마한테 구박당하는 부분이 제일 가슴 아팠어. 너무 생생하게 써서 혹시 네 얘기인가 했더니, 맞구나."

그 말을 들으니 선생님의 행동이 조금 더 이해가 되었다. 복도에서 나를 보는 순간 소설 속의 내가 생각나서 안아 준 것이었다. 소설 속의 내가 너무 측은하고 애처로워서. 그 정도로 생생하게 읽혔다니 기분이 좋았다. 그렇다면 정말 독지가가 나타날 수도 있지 않을까. 그 생각을 하니 웃음이 나왔다. 선생님은 이상하다는 듯이 고개를 갸웃거렸다. 내가 구박받는 이야기를 하다가 웃고 있으니 그럴 만도 할 것이다.

"겉으로 보기에는 귀하게 자란 귀공자 같은데, 너한테도 그런 아픔이 있구나. 그렇지만 영호야, 낙심하지 마. 그런 시련이 나중에 다 너한테 자양분이 될 거야. 넌 글을 잘 쓰니까 나중에 그 이야기를 소재로 해서 가슴을 울리는 글을 꼭 써 봐."

어느새 가까이 다가앉은 선생님이 내 머리를 쓰다듬어 주었다. 나는 어색하고 불편해서 몸을 뒤로 뺐다. 그러자 선생님이 반으로 구부린 검지와 장지를 조금 벌려서 내 코를 잡고 살짝 비틀었다. 웃음 섞인 목소리로 이렇게 말하면서.

"이 녀석, 사내 녀석이 왜 이렇게 부끄럼이 많아."

교무실에는 다른 선생님들도 여러 명 있었다. 하지만 그 모습을 이상하게 보는 선생님은 아무도 없는 것 같았다. 서른이 넘은 선생님이 열다섯밖에 안 된 아이를 귀엽다고 쓰다듬어 준 것이니까. 아이들이라면 분명 이상하게 봤을 것이다. 아까처럼. 그렇다면 확실해졌다. 선생님의 행동을 이상하게 본 아이들에게 문제가 있는 것이다. 아이들은 절대로 그 사실을 인정하지 않겠지만.

국어 선생님에게서 놓여난 나는 다시 원고를 읽었다. 지금까지 읽은 것들 중에는 건질 게 하나도 없었다. 아주 일상적인 내용을 평범한 시각으로 꾸역꾸역 써 놓은 것들이 대부분이었다.

186

내용이 좀 특이하다 싶으면 비약이 심하고, 전체적으로 안정감이 있는 경우에는 너무 무난해서 관심을 끌지 못했다.

그렇게 계속 원고를 버리다가 시작이 괜찮은 글을 한 편 만났다. 처음에는 글 솜씨가 좋다고 생각하며 읽기 시작했는데 갈수록 충격적인 내용들이 나왔다. 한 여 선생님을 좋아하는 한 남학생의 고백을 담은 글이었다. 글에 나오는 여 선생님은 국어 선생님이었다. 아이가 그 선생님을 얼마나 좋아하는지가 절절히 적혀 있었다. 표현이 좀 과격하긴 해도 그 정도는 이해할 수 있을 것 같았다. 뒤이어 나오는 내용들이 문제였다.

국어 선생님을 중간에 두고 사회 선생님과 생물 선생님이 치열하게 싸우고 있다고 적나라하게 밝히고 있었다. 더구나 사회 선생님은 유부남인데 뻔뻔하게 국어 선생님을 유혹하고 있다고 폭로하면서 자신이 목격한 현장 이야기도 전했다. 사회 선생님이 국어 선생님이 마시던 우유를 빼앗아 마시면서 이렇게 같은 곳에 입 대고 마시면 뽀뽀한 것과 마찬가지라고 하니까 여자 선생님이 다시 빼앗아서 못 마시게 하려고 그 안에 침을 뱉은 내용이었다. 그러자 사회 선생님은 그 우유를 마신 다음 깊은 키스를 나눈 것과 같다고 하면서 이렇게 간접 키스만 할 게 아니라 직접 키스도 하자고 했다는 것이었다.

내용이 너무 적나라한 데 놀라면서 글을 쓴 아이 이름을 확

인해 보았다. 뱁새였다. 사회 선생님한테 당한 것을 복수하려고 쓴 것 같았다.

나는 그 원고를 어떻게 해야 할지 잠시 망설였다. 앞부분은 괜찮았지만 뒤의 내용 때문에 도저히 교지에 실을 수 없는 글이었다. 그렇다고 그냥 버려서도 안 될 것 같았다. 국어 선생님에 관한 내용도 나오기 때문이었다. 그 글을 읽고 나면 선생님이 내 앞에서 몹시 민망해할 것 같다는 생각이 들었다. 나는 자리에서 일어나 가방을 챙기고 선생님한테 원고를 내밀었다.

"오늘 집에 일이 좀 있어서 지금 들어가 봐야 하거든요. 먼저 가 보겠습니다. 그리고 이 원고는 선생님이 한 번 읽어 보셔야 할 것 같아서……."

선생님이 미처 무슨 말을 하기도 전에 넙죽 인사를 하고 몸을 돌렸다. 의아해하는 선생님의 시선이 따라오는 것 같아서 뒤통수가 근지러웠다. 선생님이 나를 불러 세울지도 모른다는 생각에 불안했다. 나는 신발장에서 슬리퍼를 벗고 재빨리 신발로 갈아 신은 다음 냅다 달리기 시작했다.

15세

투서 내용이
너무 충격적이야

다음 날 학교가 발칵 뒤집혔다. 아침에는 아무 문제가 없었다. 점심시간 전까지도 평소와 다르지 않았다. 점심시간에 뭔가 심상치 않은 기운이 느껴졌다. 중학교 2학년 남자아이들은 점심을 오래 먹지 않았다. 주로 10분 안에 다 먹어 치웠다. 그런 다음 운동장으로 뛰쳐나갔다. 축구를 하기도 하고 족구를 하기도 하고 이리저리 뛰어다니며 장난을 치기도 했다.

그렇게 아이들이 놀고 있는 학교 운동장을 가로지르며 몇 대의 차가 들어왔다. 평소에 못 보던 차였다. 고급 승용차도 있었고 지프도 있었고 경찰차도 있었다. 약간의 시차를 두고 교문을 통과한 차들이 흙먼지를 일으키며 달려와 국기 게양대 앞에 멈추어 섰다. 차에서 내린 사람들은 바쁜 걸음으로 학교 본관 건물로 들어가서 교무실을 거치지 않고 바로 교장실로 갔다. 뒤이어 교장 선생님의 호출을 받고 몇몇 선생님이 교장실로 들어갔다. 한 팀이 다녀가고 나면 교장실에서 회의가 열렸다. 이런 일이 세 차례나 반복되었다.

세 차례나 손님들이 들락거리는 동안 아이들이 술렁거렸다. 나는 그 광경을 보며 은근히 걱정이 되었다. 국어 선생님과 나에 대한 소문을 들은 학부모가 신고했을 가능성을 가장 먼저 떠올렸다. 아이가 학교에서 듣고 온 일부 이야기만으로 부모는 얼마든지 오해할 수 있었다. 그 다음 가능성은 어제 내가 본 뱁새의 글 때문에 문제가 생긴 경우였다. 국어 선생님이 충격을 받았을 수도 있고 사회 선생님이 고소를 했을 가능성도 있었다. 하지만 둘 다 아니었다.

점심시간이 끝나고 나서 다음 시간 수업을 받으러 들어갔는데 학교 방송이 나왔다.

"2학년 학생들은 지금 당장 원래 자기 반으로 돌아간다. 학교에서 조사할 것이 있으니까 가방과 소지품을 잘 챙겨서 지금 바로 자기 반으로 돌아간다. 다시 한 번 말한다. 2학년 학생들은 지금……."

방송을 하는 선생님의 목소리가 불안정했다. 수업을 중단하고 조사를 할 게 있다는 것도 보통 심각한 일이 일어난 게 아니라는 걸 암시했다. 분위기 때문인지 아이들의 표정도 어두웠다.

원래 자기 교실로 돌아가느라 이동할 때도 평소와는 달리 많이 조용한 편이었다. 몇몇 아이들이 왜 귀찮게 오라 가라 하느냐고 불평을 한 것 외에 다른 큰 소동은 없었다.

교실로 돌아가자 담임이 먼저 와 있었다. 그러자 더 긴장이 되었다. 아이들이 서로 무슨 일인지 아느냐고 묻고 모른다고 대답하는 소리들이 들렸다. 선생님은 무표정한 얼굴로 서서 아이들이 다 앉기를 기다렸다. 나는 늘 하던 대로 깡통의 자리와 송곳의 자리를 쳐다보았다. 둘 다 자리에 없었다. 갑자기 이상한 느낌이 들었다. 오늘 아침 학생회 행사가 있어서 조회에 참석을 못 하는 바람에 아까도 자리가 비어 있었는지는 알 수가 없었다.

"다 앉았으면 여기 집중하고 지금부터 내가 하는 말 잘 들어라. 오늘 우리 학교에 문제가 좀 생겼다. 사고도 있었고, 조사를 해 봐야 할 일도 있다. 내가 몇 가지 물어볼 텐데 아는 대로 솔직하게 대답해야 된다, 알겠지?"

"네."

아이들의 목소리에도 힘이 없었다. 나는 깡통이나 송곳 둘 중 한 명에게 무슨 일이 일어났다는 불길한 예감을 느꼈다. 깡통보다는 송곳에게 일이 일어날 가능성이 훨씬 더 많았다. 하지만 내 예상은 보기 좋게 빗나갔다.

"어제 하교 후에 김팔봉이 본 사람?"

선생님이 물었지만 아무도 손을 들지 않았다. 김팔봉은 깡통의 이름이었다. 깡통에게 무슨 일이 생긴 게 분명했다. 나는 벌떡 일어나면서 말했다.

"선생님, 팔봉이는 어제 오후에 제가 공부하는 반에 찾아왔었습니다. 팔봉이한테 무슨 일이 생긴 겁니까?"

"어제 봤을 때 이상한 점은 없었어?"

나는 잠깐 생각해 보았다. 이상한 점은 없었다. 국어 선생님과 나에 대한 낙서를 한 아이가 송곳이나 꽹과리일 수도 있다고 말한 것 외에는. 그런 점은 이상하다고 할 수 없을 것 같아서 없다고 대답했다.

"그런데 팔봉이한테 무슨 일이 생겼습니까?"

"그 얘긴 이따가 하고……. 자, 감추지 말고 대답해야 돼. 지금 대답 안 하면 나중에 경찰서에 가서 조사받아야 하니까 어서 손 들어. 어제 김팔봉이 만난 사람?"

선생님의 목소리가 아까보다 많이 날카로워졌다. 잠시 뒤 두 아이가 슬그머니 손을 들었다. 이동 수업 때 깡통하고 같이 수업을 받는 반 아이들이었다. 그중 한 아이는 내가 만화방으로 송곳을 찾아갔을 때 본 적이 있었다. 그곳에서 시비가 붙었던 꽹과리가 먼저 나갈 때 같이 따라 나갔던 아이였다. 인상이 험

하고 큰 덩치에 건들거리고 다녀서 진짜 깡패처럼 보였다. 그때 기억이 떠오르면서 깡통의 일이 꽹과리와 관련이 있을 거라는 생각이 강하게 들었다.

"너희 둘 앞으로 나와. 그리고 더 본 사람 없어?"

더 손드는 아이가 없었다. 불려 나간 두 아이는 선생님 앞에서 고개를 숙이고 섰다. 그 자세가 무엇인가 잘못을 저질렀다고 말하고 있었다. 선생님이 다시 물었다.

"어제 팔봉이를 어디서 봤어?"

둘 다 대답하지 않았다. 서로 대답을 미루는 눈치였다.

"어디서 봤냐고 묻잖아. 왜 대답을 안 해?"

담임의 목소리가 쩌렁쩌렁 울렸다. 선생님은 지금까지 저렇게 큰소리를 내 본 적이 없었다. 화가 단단히 난 게 틀림없었다. 그리고 아주 큰일이 생긴 게 분명했다. 불길한 예감이 들어서 자꾸만 목이 말랐다.

"노인정이요."

한 아이가 눈치를 보면서 대답했다. 노인정은 학교에서 얼마 안 떨어진 곳에 있는 2층짜리 건물 1층에 있었다. 2층에는 마을회관 비슷한 공간인데 회의 같은 게 있을 때 가끔 사용되는 것 같았다. 그 건물 뒤쪽으로는 야산이 있어서 약간 으슥한 느낌을 주는 곳이기도 했다. 그 섬 때문에 노는 아이들이 자주 찾는 곳이었다. 노인정에 어르신들이 늦게까지 있지는 않아서 아이들이 그곳에 가서 담배도 피우고 약한 아이를 데려다가 괴롭히기도 했다.

"그럼 팔봉이가 맞을 때 너희들도 같이 있었다는 말이네?"

선생님이 아이들 앞으로 다가가서 팔짱을 낀 자세로 물었다. 갑자기 내 가슴이 불규칙하게 뛰기 시작했다. 아이들은 아무 대답도 하지 않았다. 팔봉이가 맞았다고? 쟤네들한테? 선생님의 말씀이 이어졌다.

"좋아, 그건 인정했고. 그럼 직접 때린 건 누구야? 기철이야?"

이번에도 아이들은 대답하지 않았다. 묻는 말에 맞으면 대답하지 말고 틀리면 대답하라고 시킨 것처럼. 기철은 꽹과리의 이름이었다. 꽹과리가 왜? 내 머릿속이 복잡하게 돌아가기 시작했다.

"그것도 인정한 걸로 하고. 솔직히 말해. 너희들 언제부터 팔봉이를 괴롭힌 거야?"

이번에는 좀 달랐다. 무조건 대답해야 하는 질문이었다. 아이 둘이 서로를 쳐다보았다. 언제인지 의논하는 눈빛을 교환하는 것처럼 보였다.

"반 편성 새로 하고 나서요. 그렇지만 저희들은 때리지 않았어요. 그냥 옆에만 있었어요."

아까 팔봉이를 본 장소가 노인정이라고 대답한 아이가 말했다. 그 옆의 아이도 잠시 고개를 들었다가 다시 숙였다. 그 말이 맞다는 듯이.

"그러니까 새로 편성된 반에 가서 나쁜 아이들을 만나고, 그 아이들이 친구를 괴롭히는 걸 보고도 가만 있었다는 거네. 그럼 너희들도 같이 때린 거나 마찬가지야. 지금 교무실로 내려가면 학생과장 선생님 계실 거야. 지금 나한테 한 얘기 그대로 하고 거기서 무릎 꿇고 있어."

아이들이 교실을 나가자 선생님이 다시 교탁 앞으로 가서 섰다.

"우리 반 팔봉이가 학교 나쁜 아이들한테 맞아서 지금 병원에 입원해 있다. 노인정 옥상에서 아이들한테 맞다가 뛰어내렸는데 크게 다친 모양이야. 실력에 맞게 공부하라고 반 편성을 새로 했더니 뜻하지 않은 문제가 생긴 거다. 공부 안 하고 노는 아이들끼리 모여서 약한 아이를 괴롭힌 건데…… 같은 반 친구라는 녀석들이 말리기는커녕 옆에서 거들었으니……. 피해자가 팔봉이 한 명이 아니라고 한다. 앞으로 이 문제로 너희들한테 물어볼 게 더 있으니까 숨기지 말고 솔직하게 다 말해야 한다, 알겠지?"

아이들이 아까보다 더 힘없는 목소리로 대답했다. 나는 선생님 말이 잘 이해가 되지 않았다. 쌍봉이 그렇게 괴롭힘을 당했으면 분명히 나한테 말했을 것이었다. 더구나 꽹과리는 송곳 똘마니고, 송곳은 나와 친한 사이였다. 나한테 한마디만 하면 송곳한테 말해서 꽹과리를 혼내 줄 수 있다는 걸 알면서 아무 말 하지 않았다는 게 너무 이상했다. 그렇다고 그걸 지금 선생님한테 말할 수는 없었다.

"그리고…… 한 가지 문제가 더 있다. 우리 학교 학생 한 명이 교육청에 투서를 보냈는데 그 내용이 너무 충격적이다. 그래서 조사를 좀 하려고 한다."

담임선생님은 여기서 잠깐 말을 끊고는 교실 전체를 천천히 훑어보았다. 마치 아이들의 반응을 살피는 것처럼.

"투서 내용은…… 우리 학교 어떤 학생이 여자 선생님하고 이상한 관계로 보인다고 하면서 조사를 좀 해 달라는 거다."

아이들이 서로를 돌아보며 웅성거렸다. 선생님은 조용히 하라고 소리치며 교탁을 여러 차례 내리쳤다.

"그 학생과 선생님은 방과 후에 선생님 일을 도와준다는 핑계로 자주 만나는 사이라고 한다. 투서를 보낸 학생도 둘이 만나는 걸 여러 번 봤다고 적었다. 그러니까 너희들은 우리 학교 학생이 선생님하고 학교 밖에서 만나는 걸 본 적이 있는지 생각해 보면 된다. 선생님이 학생 여러 명과 같이 있는 게 아니라 단 둘

196

이만 만난 걸 말하는 거다."

선생님의 말이 이어지는 동안 내 가슴이 요동치기 시작했다. 나는 물론 학교 밖에서 선생님을 만난 적이 한 번도 없었다. 하지만 왠지 투서 내용이 나를 겨냥하고 있다는 기분이 들었다. 아닐 거야. 그래, 아닐 거야. 나는 속으로 중얼거리며 뛰는 가슴을 진정시키려고 했다. 하지만 가슴은 더 크게 뛰었다.

"혹시 그렇게 둘이 만나는 걸 본 적이 있거나 그런 말을 들은 적이 있으면 그 내용을 써 내면 된다. 지금 종이를 나눠 줄 테니 분단별로 한 명씩 나와라."

분단 맨 앞쪽에 앉은 아이들이 앞으로 나갔다. 아이들은 선생님한테서 받은 종이 중 한 장을 자신이 갖고 나머지는 뒤쪽으로 돌렸다. 잠시 후 아이들은 종이를 다 갖게 되었다.

"투서 내용이 사실이 아닐 수도 있다. 하지만 투서가 접수된 이상 조사는 해야 한다. 투서에는 선생님과 학생이 공공연하게 함께 다녔다고 나온다. 그렇다면 많은 사람들 눈에 띄었을 거다. 너희들이 적어 낸다고 해서 다 처벌 대상이 되는 건 아니다. 일단 그런 사례가 있는지 알아보고 조사를 더 해야 된다. 그러니까 알고 있는 걸 그대로 적어 내도록. 만일 너희들에게 선생님이 일을 도와 달라고 한 적이 있으면 그것도 적어 내라. 문제가 될 만한 사항인시 아닌시는 교육정에서 더 알아볼 거니까."

그때 갑자기 목이 콱 막히면서 기침이 터져 나왔다. 굉장히 안 좋은 시점이었다. 나는 선생님들이 가끔 채점 같은 걸 부탁해서 도와 드린 적이 있었다. 어제도 국어 선생님 부탁으로 아이들이 쓴 원고를 읽어 보지 않았던가. 지금 들은 내용만 놓고 본다면 내가 의심의 대상이 될 수도 있었다. 그런데 기침까지 하다니. 억지로 참으려고 하니까 기침이 더 나왔다. 나는 기침을 몇 번 더 하고 나서야 겨우 진정할 수 있었다. 내 기침 소리가 끝나자 선생님의 말이 다시 이어졌다.

"투서를 보낸 학생은 그 사실을 소상하게 알고 있는 것처럼 보인다. 너희들 중에 투서를 직접 쓴 학생이 있으면 아는 대로 자세히 적도록 해라. 그리고 투서 내용 중에 이런 것도 나오는 데…… 그 선생님이 학교에서 그 학생을 껴안는 걸 본 적도 있다는……."

그 순간 아이들의 시선이 일제히 나에게로 쏠렸다. 나는 내 귀를 의심했다. 저건 바로 내가 겪은 일이었다. 이게 사실이라면 내가 투서에 나오는 당사자인 거다. 말도 안 되는 소리. 이제 심장은 갈비뼈 밖으로 튀어나와서 뛰는 것 같았다. 숨이 몹시 가빴다.

잠깐 동안 나를 쳐다봤던 아이들이 하나씩 시선을 돌리더니 종이에 무언가를 적기 시작했다. 아이들이 무엇을 적는지는 불보듯 뻔한 일이었다. 누가 목을 조르는 것처럼 숨이 막혔다. 갑자기 오줌도 심하게 마려웠다. 나는 허둥거리며 자리에서 일어났다.

"서, 선, 선생님, 아니에요. 이건 아니에요. 이건 모함이에요. 어떤 놈이 말도 안 되는 짓을 한 거예요. 정말이에요, 선생님!"

선생님도 아이들도 나를 쳐다보고 있었다. 하지만 그들의 얼굴이 모두 멍한 표정으로 보였다. 내 말이 귀에 들리지 않는 것처럼. 나는 무슨 말인가를 더 하려 했지만 말이 나오지 않았다. 그 순간 오줌이 맹렬하게 마려웠다. 그대로 서 있다가는 바지에 쌀 것 같았다. 나는 내 책상을 밀치며 미친듯이 달려 나갔다. 다른 아이 책상에 걸려서 넘어질 뻔했지만 넘어지지 않고 무사히 교실을 벗어났다.

화장실까지 한달음에 내달린 나는 바지 지퍼를 급하게 내렸다. 하지만 간발의 차이로 바지 앞자락을 흥건하게 적시고 말았다. 그런 상태로 오줌을 누고 있는데 손등 위로 눈물이 후두둑 떨어졌다. 이게 무슨 일이지? 이게 도대체 무슨 일이야? 왜 이렇게 된 거야? 이런 말들이 떠올랐지만 다른 생각은 아무것도 나지 않았다. 나는 그렇게 서서 오줌을 누면서 계속 울었다. 잠시 뒤에는 오줌 누는 자세로 서서 울고만 있었다. 소변기 안으로 내 눈물이 떨어지는 것을 보면서 그렇게 계속 울었다.

이대로 죽으면
안 돼

나는 학교 담벼락을 따라 걸었다. 화장실을 나와서 교실로 돌아갈 수가 없었다. 그대로 학교를 벗어나면 고스란히 누명을 쓴다는 걸 알고 있었다. 그런데도 발길을 돌릴 수가 없었다. 슬리퍼를 신고 있어서 그런지 사람들이 자꾸 나를 쳐다보는 것 같았다. 바지 앞자락이 젖어 있는 것도 신경이 쓰였다. 사람들이 보이지 않는 곳으로 숨고 싶었다. 그때 떠오른 곳이 만화방이었다.

만화방은 문이 닫혀 있었다. 창문과 문짝 일부가 부서져 있고 자물쇠가 채워진 상태였다. 나는 옆집 아저씨한테 왜 만화방 문을 열지 않았느냐고 물어봤다. 아저씨는 몹시 흥분한 목소리로 삿대질까지 해가며 말해주었다.

"저 집에서 큰 싸움 나서 다 잡혀갔어. 애들한테 술 팔고 담배 팔더니 그런 꼴 날 줄 알았지. 애들이 치고받고 싸우다가 다치고 난리났대. 어떤 애는 죽을지도 모른다지 아마."

그렇게 말하던 옆집 아저씨가 나를 아래위로 훑어보았다. 너도 여기 드나드는 놈 아니냐? 그렇게 묻는 눈길이었다. 나는 얼른 만화방 앞을 지나쳤다.

아까 교실에서 송곳의 모습을 볼 수 없었던 걸로 봐서 그 싸움에 그가 연루돼 있을 거라는 생각이 들었다. 무슨 일이 어떻게 벌어졌는지 궁금했지만 그 생각을 오래 할 수가 없었다. 그보다는 내 앞에 놓인 문제가 더 큰일이었다. 이제 어떻게 하지? 앞으로 어떻게 해야 하지? 이런 생각이 머릿속을 어지럽혔다. 무엇을 어떻게 해야 할지 도무지 종잡을 수가 없었다. 그러다가 또다시 같은 생각에 사로잡혔다. 이제 어떻게 하지? 앞으로 어떻게 해야 하지?

똑같은 생각만 되뇌면서 배회하다가 내 발걸음이 닿은 곳은 바다가 보이는 작은 언덕이었다. 그곳은 나무가 잘 에워싸고 있어서 바닥에 앉으면 밖에서 잘 보이지 않았다. 자리도 넓고 평평해서 잠깐 누워 눈을 붙일 수 있는 곳이었다. 나는 그곳에 들어서자마자 쓰러질 듯이 몸을 누였다. 한꺼번에 너무 많은 생각을 해서 그런지 머리가 텅 비어 버린 것처럼 멍했다. 몸도 축 늘어졌다. 등을 바닥에 대고 누운 상태에서 팔과 나리를 늘어뜨렸다. 학교에서 있었던 일들이 뒤죽박죽 떠오르면서 다시 머리를 찍어 누르고 가슴을 답답하게 했다.

나는 아무 생각도 하지 않으려고 눈을 감았다. 몸이 바닥으로 막 가라앉는 것 같았다. 잠을 잘 생각은 아니었는데 졸음이 밀려왔다. 아까부터 신경이 잔뜩 곤두서 있어서 몹시 피곤했던 모양이었다. 아주 잠깐 동안 여기서 잠들어서는 안 된다는 생각을 했다. 하지만 이미 내 몸을 점령한 나른한 감각이 그 생각을 밀어내고 있었다. 나는 흐려지는 의식 속에서도 그 생각을 놓치지 않으려고 단단히 붙잡았다. 그 생각은 그러나 점점 작아지면서 어디론가 하염없이 떠내려가고 있었다. 그것을 놓지 않은 나는 어디로 떠내려가는지도 모르는 상태에서 의식을 잃고 말았다.

얼마나 잤을까. 나는 선뜩선뜩한 기운에 눈을 떴다. 주위는 완전히 어두워져 있었다. 무슨 꿈을 꾼 것 같은데 기억이 나지 않았다. 기분이 좋지 않은 걸로 봐서 안 좋은 꿈인 것 같았다. 학교에서 있었던 일이 다시 떠오르면서 나를 공격했다. 아까처럼 또 머리가 혼란스럽고 가슴이 답답해져 왔다. 나는 생각을 하지 않으려고 집을 향해 내달렸다.

대문을 열고 들어서니 집 안이 엉망이었다. 깡패들이라도 몰려와서 마구 부수고 간 것 같은 광경이었다. 가만히 보니 거실

15세

에 흩어져 있고 찢겨져 있는 것들은 다 내 것이었다. 내 옷과 내 책과 내 가방과 내 모자와 내 신발과……. 갑자기 피가 끓어 올랐다. 밖에서 나는 인기척을 들었는지 방문이 열리더니 철수가 나왔다.

어떻게 된 일이냐고 묻기도 전에 철수가 먼저 입을 열었다.

"어서 병원에 가 봐. 영희가 병원에 실려 갔어."

"왜? 무슨 일로?"

내가 악을 쓰듯이 물었다. 철수가 침통한 표정으로 대답했다.

"영희가 엄마한테 맞아서 많이 다쳤어. 아버지도 계실 거야. 나도 이것 좀 치우고 곧 갈게."

그렇다면 심각하다는 얘기였다. 철수가 알려 준 병원 이름은 이 도시에서 가장 큰 병원이었다. 나는 곧바로 몸을 돌려서 뛰쳐나갔다. 택시가 잡히지 않아서 병원으로 가는 지름길을 향해 뛰었다. 두 주먹으로 눈물을 씻으면서 달렸다.

병원에 도착해서 응급실부터 찾아보았지만 영희의 모습은 보이지 않았다. 헉헉대면서 간호사실로 달려갔다. 그곳에서는 차트가 아직 넘어오지 않았다고 했다. 나는 병원을 이리 뛰고 저리 뛰면서 영희를 찾아다녔다. 한참을 헤매다가 그렇게는 찾을 수 없다는 걸 알고 다시 응급실로 갔디. 그곳 긴호사 중 한 사람이 영희가 중환자실로 갔다고 말해 주었다.

중환자실! 그 말을 듣는 순간 가슴이 철렁했다. 중병 앓는 노인도 아니고 열세 살밖에 안 된 아이가 웬 중환자실이란 말인가. 도대체 무슨 일이 생긴 거야, 도대체! 나는 악을 쓰며 달려갔다. 중환자실 앞 대기실에 아버지가 눈을 감고 앉아 있었다.

내가 숨을 몰아쉬며 다가가자 아버지가 일어나서 나를 끌어안았다.

"내가 잘못했다. 다 나 때문이다. 미안하다."

내 왼쪽 귀에서 아버지의 뜨거운 한숨이 느껴졌다.

"영희, 어떻게 된 거예요?"

대답 대신 아버지가 흐느끼는 소리가 들려왔다. 내 몸에서 기운이 쭉 빠졌다.

한참을 그렇게 울고 난 아버지가 손수건으로 눈을 닦으며 자리에 앉았다. 나도 그 옆자리에 앉았다. 기진맥진한 상태라서 앉았다기보다는 몸을 털썩 내려놓은 느낌이었다.

"네가 쓴 소설 때문에 네 엄마가 이성을 잃은 모양이더라."

이렇게 시작된 아버지의 말은 대략 이런 내용이었다.

국어 선생님이 담임 선생님에게 내 소설을 보여 주면서 참 잘 썼다고 칭찬을 했다. 그 소설을 읽은 담임 선생님은 새엄마에게 전화를 해서 소설 내용을 말해 주었다. 아들이 이런 생각을 하고 있으니 참고하셔서 더 잘 지내는 계기로 삼아 보시라고. 그 말을 들은 새엄마는 뺑 돌아 버려서 내 물건을 다 내동이치면서 길길이 날뛰었다. 그것을 보다 못한 영희가 왜 오빠 물건을 그렇게 하느냐고 막아섰고, 화가 치밀어 오른 새엄마는 아무것이나 잡고 휘둘렀는데 그것이 영희의 머리에 맞아서 뇌의 혈관이 터져 버렸다.

"그래서요? 얼마나 위험하길래 수술도 안 받고 중환자실로 바로 온 거예요?"

"수술이 불가능하대. 희망은 한 가지밖에 없는데…… 터진 혈관이 저절로 이어진 채로 아물기를 바라는 수밖에 없다는구나. 기적이 일어나길 바라야 해. 오늘 밤이 고비래. 오늘 밤만 무사히 넘기면 살아날 수도 있대."

아버지가 내 손을 꼭 잡았다. 그 위로 눈물이 떨어져 내렸다. 맞잡은 손 위로 아버지의 눈물과 내 눈물이 동시에 떨어졌다. 한참을 그렇게 있다가 내가 자리에서 일어났다.

"영희 얼굴이라도 보고 올래요. 잠깐이라도요."

"안정을 취해야 한다고 해서……. 지금 네 엄마만 들어가서 혼자 조용히 혼자 기도하고 있다. 본인이 꼭 그렇게 하고 싶다고 해서."

"그 여자가 왜요? 옆에 있다가 영희 깨어나지도 못하게 하려고요? 이거 놔요. 지금 안 보면 영희 영영 못 볼지도 모르는 거잖아요."

나는 막아서는 아버지를 뿌리치면서 병실로 들어갔다. 무릎을 꿇고 있던 새엄마가 일어났다. 내 얼굴을 제대로 쳐다보지도 못했다.

침대에 누워 있는 영희는 영희가 아니었다. 흑갈색으로 변한 얼굴이 퉁퉁 부어 있어서 알아볼 수가 없었다. 나는 울지 않으려고 어금니를 꽉 깨물며 다가섰다. 오래 있지 못하기 때문에 나는 얼른 영희의 손을 찾아 잡았다. 혼수상태에서도 간절히 전하는 메시지는 전달된다는 생물 선생님의 말을 떠올리면서 몸을 숙인 자세로 속삭였다.

'영희야, 너 이대로 죽으면 안 돼. 앞으로 오빠가 영희 말 잘들을게. 그동안 네 마음 너무 몰라서 미안해. 앞으로 네 마음 많이 생각할게. 그러니까 제발 죽지 마. 너 없으면 오빠도 살 필요가 없어. 밖에서 꼼짝 안 하고 기다릴 테니까 내일 아침에 꼭 깨어나. 사랑해, 영희야.'

밖으로 나오자 아버지가 내 손을 잡았다.

"영호야, 그동안 아버지 많이 원망했지? 나도 말은 못 했지만 참 많이 미안했다. 영희가 깨어나면 너희 엄마랑 이혼할 거다.

철수도 같이 보내고. 너희들이 구박받고 있어서 얼마나 마음 아팠는지 모른다. 조금 지나면 괜찮아지겠지, 해가 바뀌면 나아지겠지, 하면서 지금까지 살았다. 이제 그렇게 하지 않을 거다. 영희가 깨어나면 우리 세 식구 함께 행복하게 살자. 그동안 너희들한테 못 해 줬던 거 다 해 줄게. 그러니까 오늘은 아무 생각 하지 말고 영희를 위해서만 기도하자. 영희만 생각하자."

아버지의 말을 들으면서 가슴 한쪽에 막혀 있던 것이 쑥 뚫리는 듯한 느낌이었다. 알고 계셨구나. 그랬어. 우리 마음도 알고 계셨던 거야.

나는 아버지와 나란히 앉아서 밤새 기도했다. 영희만 생각했다. 영희와 함께 놀던 것, 함께 이야기했던 것, 함께 걱정했던 것, 함께 놀란 것, 함께 싸웠던 것, 함께 화해했던 것, 함께하지 못해서 안타까워했던 것……. 이런 것들을 생각하면서 간절히 기도했다.

내가 바라는 건
그저 나를 놔두는 것

누군가 내 어깨를 건드리는 바람에 졸다가 눈을 떴다. 고개를 들어 보니 담임이 서 있었다. 나는 화들짝 놀라면서 좌우를 둘러보았다. 교실이 아니라 병원 복도였다. 나는 엉거주춤 몸을 일으켰다.

"선생님이 어떻게……."

뜻밖의 상황이라 말도 제대로 나오지 않았다. 담임이 내 손을 잡아 주었다. 그냥 잡는 게 아니라 아주 꼭 쥐었다. 내 손에도 저절로 힘이 들어갔다.

"많이 놀랐지? 하루 만에 얼굴이 못쓰게 됐네."

선생님은 옆자리에 앉으면서 내 손을 잡아끌었다. 나는 반쯤 들었던 엉덩이를 의자에 걸쳤다.

"아침에 아버지가 전화하셨어. 동생 때문에 네가 학교에 못

온다고. 그 말 듣고 가슴이 철렁했어. 그래서 여쭤 봤더니……."

담임의 눈에 그렁그렁 눈물이 고였다. 선생님은 내 손을 놓고 핸드백을 열어 손수건을 꺼냈다. 한 손으로는 손수건으로 눈가를 찍어 누르면서 다른 손으로는 다시 내 손을 잡았다.

"동생은……?"

선생님이 뒷말을 잇지 못했지만 무엇을 묻는 건지 알아들었다. 나는 고개를 가로저었다.

"미안하다, 영호야. 선생님 때문에 이런 일이 생긴 거야. 다 내 잘못이야. 내가…… 내가 너무 경솔했어."

담임 선생님은 다시 내 손을 놓고, 이번에는 손수건을 두 눈에 갖다 대고 흐느꼈다. 그 순간 내 눈에서도 눈물이 흘러내렸다. 나는 두 주먹으로 눈물을 훔쳤다. 한참을 그렇게 울었다. 선생님도, 나도.

아버지가 손수건에 손을 닦으며 다가왔다. 그 모습을 본 내가 먼저 일어났다. 담임도 따라 일어섰다. 나는 두 분을 서로 소개했다. 아버지가 황급히 고개를 숙이고 선생님도 손수건을 눈가에 댄 채 인사를 했다.

"선생님께서 이렇게 오실 줄 몰랐습니다. 이런 일로 뵙게 돼서 죄송합니다."

"아니에요. 제가 죄송하죠. 제가 너무 큰 잘못을 저질렀습니다, 아버님."

아버지도 선생님도 어색하고 당황스러워서 어쩔 줄 모르는 기색이었다. 보는 나도 불편했다. 더 불편한 게 있었다. 코가 막혀서 숨을 제대로 쉴 수가 없었다. 나는 담임에게 고개를 숙이고는 화장실로 향했다.

거울에 비친 내 얼굴이 괴물 같았다. 눈가는 퉁퉁 부어 있고 눈동자는 벌겋게 충혈되어 있었다. 볼이 홀쭉하게 내려앉아서 광대뼈가 튀어나온 것처럼 보였다. 얼굴색도 시커멓고 눈 밑의 다크서클은 일부러 칠해 놓은 것처럼 짙었다. 겨우 하룻밤 못 잤을 뿐인데 며칠 못 잔 사람처럼 초췌했다.

나는 고개를 숙이며 있는 힘껏 코를 풀었다. 양쪽 콧구멍에 동시에 가해진 압력 때문에 귀가 먹먹했다. 그래도 코가 답답했다. 하지만 더 풀 수가 없었다. 오른쪽 콧구멍에서 코피가 흘러내렸다. 나는 고개를 뒤로 젖히고 한참을 서 있었다. 영희가 언제 깨어날지 모르는데 벌써 빌빌하는 내 꼴이 한심했다.

영희는 혼수상태 그대로였다. 회진을 돌면서 영희를 살펴본 담당 의사는 사무적인 음성으로 말했다.

"어제보다 더 나빠지지 않아서 다행입니다."

"어젯밤이 고비라 하셨는데…… 그럼 고비는 넘긴 건가요?"

아버지가 묻자 의사는 다시 영희의 상태를 보고 차트를 훑어 봤다.

"아직 단정 지어 말씀드리기는 어렵습니다. 조금 더 지켜보도록 하지요."

그때 옆에 비켜 서 있던 새엄마가 의사 앞으로 나섰다.

"살려 주세요, 선생님. 제발 부탁이에요. 꼭 살려 주세요. 제가 이렇게 빌게요. 제발 살려 주세요."

새엄마는 실제로 두 손을 모으고 손바닥을 비벼 댔다. 의사가 뒤로 물러서면서 난처한 표정을 지었다.

"어머니 심정 잘 압니다. 저희가 어떻게 해 볼 수 있는 상황은 아니지만, 최선을 다하겠습니다. 그러니까 환자가 최대한 안정을 취하도록 해 주십시오."

의사는 서둘러 말하곤 몸을 돌려 병실을 나갔다. 새엄마는 멀어져 가는 의사의 등 뒤에 대고 고개를 숙이며 비는 시늉을 계속했다. 새엄마의 가증스런 행동을 보는 동안 구역질이 나올 것 같았다. 사정을 모르는 사람들 눈에 자식을 끔찍하게 사랑하는 어머니로 비쳤을 걸 생각하니 화가 나서 견딜 수가 없었다. 하지만 꾹 눌러 참았다. 안정이 최우선이다, 안정이. 나는 새엄마를 외면하면서 속으로 중얼거렸다.

간호사가 한 사람만 남고 모두 나가라고 하자 새엄마가 또 사신이 남겠다고 버텼다. 나는 말도 하기 싫어서 한쪽 어깨로 새엄마를 밀어내려고 했다. 그 모습을 본 아버지가 나를 향해 두 눈을 질끈 감았다 떴다. 영희가 안정을 취해야 하니까 시끄럽게 하지 마라. 아버지 눈이 그렇게 말하고 있었다.

영희가 깨어나기만 해 봐라, 내가 가만두나. 나는 속으로 툴툴 거리면서 병실을 나왔다. 영희가 깨어나면 바로 경찰서로 달려 가서 고발해 버릴 테니 조금만 기다려. 그동안 당신이 어떤 만행을 저질렀는지 낱낱이 알리고 그 죗값을 톡톡히 치르게 해 줄게. 나는 병실 문이 닫힐 때까지 새엄마를 노려보았다.

코피가 멎을 때까지 기다렸다가 세수를 하고 나오자 병실 앞에 담임과 아버지가 여전히 불편한 자세로 서 있었다. 나를 발견한 선생님이 아버지를 향해 인사를 했고 아버지도 아까처럼 고개를 숙였다. 선생님은 잰걸음으로 내게 다가와 잠깐 나가자고 했다.

정문을 나와 병원 건물을 돌아가자 정원처럼 만들어 놓은 공간이 나왔다. 벤치가 드문드문 놓여 있었는데 선생님은 제일 구석 쪽 벤치로 다가가 앉았다. 나도 그 옆에 앉았다. 선생님이 다시 내 손을 잡았다.

"선생님이 네 마음 몰라주는 것 같아서 많이 힘들었지?"

전혀 예상하지 못한 말이었다.

"네 말은 귀담아듣지 않고, 네 문제를 새어머니하고만 의논하는 것 같아서 선생님을 미워하기도 했지?"

나는 아무 대답도 하지 않았다. 그 행동이 대답이 되었다. 내손을 잡은 선생님의 손에 힘이 들어갔다.

"네 마음 이해해. 내가 너라도 그랬을 거야."

나는 담임의 변화가 낯설었다. 나도 모르게 선생님을 똑바로쳐다보게 되었다. 선생님도 내 시선을 피하지 않았다.

"선생님 생각이 너무 짧았어. 그 사실을 어제 어머니와 통화를 하면서 알게 된 거야. 좀 더 일찍 알았더라면 영호한테 관심을 더 많이 갖고, 영호한테 일어난 문제도 함께 더 잘 풀어 갔을텐데. 미안해. 선생님 잘못이야."

나는 어색해서 고개를 돌렸다. 다른 벤치에는 주로 환자들이가족으로 보이는 사람들과 이야기를 나누고 있었다. 그들을 보면서 영희가 깨어나면 이곳으로 데리고 나와야겠다는 생각을했다. 선생님의 이야기가 이어졌다.

"그동안 선생님이 담임을 맡으면서 새어머니와 사는 아이들을 많이 봐 왔어. 그런데 대부분이 단지 새엄마라는 이유 때문에갈등이 생기는 거야. 새엄마가 못해 주거나 학대를 하는 게 아니라 새엄마 자체에 대한 거부감이 문제를 일으키는 거지. 심지어 실제로 친엄마인데도 새엄마라서 자기를 못살게 군다고 생각하는 아이도 있었고. 물론 그중에는 새엄마가 좀 심한 경우도 있었어. 그럴 때도 새엄마만의 문제는 아니었던 것 같아. 아이가 감정을 주체하지 못하고 과격하게 행동하니까 새엄마도 이성을 잃고 더 난폭해진 거야. 말하자면 서로 원인 제공을 한 거지. 아무튼 그렇게 문제가 생기면 새엄마가 학부모니까 학부모하고 먼저 얘기를 하게 돼. 그때 새엄마가 더 노력하겠다고 말씀하시면 선생님 입장에서는 믿고 기다리는 수밖에 없어. 그냥 기다리는 게 아니라 학생의 학교 생활을 전해 주면서 함께 의논하게 되지. 그게 일반적인 경우여서 선생님도 그렇게 했던 거야. 영호는 사정이 좀 다르다는 걸 생각하지 못했어. 영호한테 좀 더 물어보고 네 얘기를 들었으면 달랐을 텐데."

하지만 선생님이 물어보았어도 나는 대답하지 않았을 것이다. 내가 바라는 건 그저 나를 가만히 놔두는 거였다. 새엄마든 선생님이든 그 누구든.

"앞으로는 선생님이 더 관심을 갖고 많이 물어보도록 할게. 선생님이 미처 못 물어보고 지나치면 영호가 먼저 말을 좀 해 줘. 꼭 집안 일이 아니더라도 의논할 것들이 있잖아. 성적 문제나 친구 문제 같은 것들도 있고. 그럼 선생님이 더 적극적으로 도울 수 있을 거야."

담임이 먼저 자리에서 일어섰고 나도 따라 일어섰다.

"동생은…… 꼭 깨어날 거야. 선생님도 기도할게."

선생님이 가볍게 나를 안아 주었다. 나는 어정쩡하게 서 있었다. 선생님이 내 등을 두드려 준 다음 천천히 몸을 돌렸다. 선생님이 몇 걸음 옮겨놓고 나서야 나는 등 뒤에 대고 인사를 했다. 깊이 고개를 숙여서.

다른 사람의 마음을
느껴 봐

영희는 기적적으로 깨어났다.

다른 사람들에게 말하지는 않았지만 나는 내 기도 덕분이라고 생각한다. 하지만 영희는 새엄마의 기도 때문이라고 믿고 있다. 망할 계집애.

영희의 말에 의하면, 새엄마는 계속 울면서 기도했다고 한다. 어렴풋이 정신이 들었을 때 새엄마 기도 소리가 들려왔다고 했다. 그냥 건성으로 하는 기도가 아니라 정말 진심으로 뉘우치는 기도였다고.

아버지의 이혼 계획은 수포로 돌아갔다. 죽었다 살아난 딸이 이혼하지 말라고 강력하게 요구했기 때문이다. 자기가 다시 태어난 것처럼 새엄마도 다시 태어났다고 하면서. 새엄마는 울면서 이렇게 기도했다고 한다.

"이 아이만 깨어나면 멀리 떠나서 평생 속죄하며 살겠습니다. 제발 이 아이가 무사히 깨어나게 해 주세요. 그리고 이 아이에게 혹시 남을지도 모르는 후유증이 있으면 모두 제가 앓겠습니다. 부디 그동안의 잘못을 갚을 수 있게 해 주십시오."

그런 마음이면 얼마든지 함께 살아도 된다는 게 영희의 주장이었다. 무엇보다도 새엄마가 자기 마음이 돼서 기도해 준 게 고맙다고 하면서.

그 바람에 우리 아버지, 새장가 갈 기회를 그만 놓쳐 버렸다.

깡통도 무사히 퇴원했다.

반 편성을 새로 해서 간 교실에는 노는 애들만 우글거렸다고 한다. 노는 애들끼리 모이니까 일부 애들이 그중에서 좀 더 튀어 보려고 약한 애들을 건드렸는데 깡통도 거기 포함된 거였다. 처음에는 꽹과리와 그의 똘마니들한테 푼돈 몇 푼 뜯기는 정도였는데 점점 달라는 단위가 커졌다고 했다. 그러다가 우발적으로 대들었다가 그날 죽도록 맞았는데 더 못 견디고 노인정 옥상에서 뛰어내렸다는 것이다. 결국 공부 잘하는 아이들 성적 더 올리겠다고 만든 우열반 때문에 깡통 같은 피해자가 생긴 셈이다.

나는 그 녀석이 꽹과리 패거리들한테 당하면서 나한테 한마디도 하지 않은 게 이상하기만 했다. 다그쳐 물이시 거우 들은 말은 '창피해서'라는 것이었다. 그 말을 듣고 나니 더 이해할 수가 없었다. 나한테 진짜 창피하게 느껴야 할 건 뻔뻔하게 잘 보여 주었으니까 말이다. 내가 친구 사이에 창피할 게 뭐가 있냐고 퉁명스럽게 핀잔을 주자 깡통은 멋쩍게 웃기만 했다.

하지만 나는 곧 생각을 바꾸었다. 아무리 친한 친구 사이라도 창피한 게 있을 수 있다고. 창피함의 기준도 사람에 따라 각각 다를 수 있다고. 나도 창피하게 느끼는 걸 남에게 말하지 않는데 남들도 그럴 게 아닌가. 나를 깡통의 입장에 놓고 생각해 보니 이해가 되었다. 그리고 창피한 걸 좀 감추면 어떤가. 그런 것까지 아무렇지 않게 다 받아 주는 게 친구 아닌가.

학교를 발칵 뒤집어 놓은 투서를 보낸 건 뱁새였다. 화장실 낙서도 뱁새가 한 것으로 밝혀졌다. 처음부터 나는 뱁새를 의심했다. 모두 다 나한테 앙심을 품고 한 짓이었다. 화가 나서 복수를 할 수는 있다. 하지만 할 게 있고 해서는 안 될 게 있지 않은가. 뱁새가 한 짓은 가장 졸렬하고 악랄한 것이었다. 만일 학교에서 재빨리 대처해서 밝혀내지 않았으면 어쩔 뻔했나. 생각만 해도 아찔하다.

직접적인 피해를 입은 내가 용서해 주면 처벌받지 않는다고 해서 통 크게 용서해 줬다. 사실 나는 통이 큰 사람이 아니다. 여동생이 새엄마를 용서하는 걸 보고 배운 거다. 영희가 알려 준 대로 나도 뱁새의 마음이 되어 보기로 했다. 질투에 눈이 멀고 앙심이 쌓이면 사람이 무슨 짓을 할지 모른다는 걸 배웠다. 내가 겪은 일은 그러니까 수업료인 셈이다.

송곳과 꽹과리는 전학을 갔다.

만화방을 문 닫게 한 장본인은 바로 송곳이다. 내가 끼어들어서 같이 싸우기도 했던 장사중학교 아이들이 쳐들어 왔다고 했다. 그 학교의 짱이 바뀌니까 세력을 보여 주려고 쳐들어 온 것이라고. 지들이 무슨 조폭 조직인 줄 아나. 송곳은 그 꼴을 못 보겠다고 싸우다가 또 한 게임 진 것이다. 전학 가기 전에 그는 내게 말했다.

"널 위해서 너한테 무관심했던 거야."

무관심도 관심이 될 수 있다는 걸 송곳을 통해 알게 되었다. 그 말보다 나를 더 아프게 하는 말이 있다.

"내가 주먹질하는 건 그것 말고는 날 알아주지 않아서 그래."

꽹과리는 송곳에 비하면 먼지 같은 놈이다. 그래도 걔도 처음부터 그러진 않았을 거다. 열다섯의 강을 건너면서 절실히 깨달은 게 있다면, 사랑과 관심이 사람을 바꿀 수 있다는 것. 누군가가 나타나서 꽹과리에게도 새 삶이 펼쳐지길.

그리고 마지막으로 나의 열다섯을 몹시 피곤하게 한 여자 친구 이명숙.

출생의 비밀을 감당하지 못한 그녀는 기어이 가출을 감행했다. 도저히 아버지를 용서할 수 없다는 게 가출의 동기였다. 막상 집을 나왔지만 갈 데가 없었던 명숙은 아르바이트 자리를 구하러 갔다가 성폭행의 위협을 느끼고 다시 도주했다. 그러다가 길러 준 엄마가 울면서 길거리에서 전단지 뿌리는 걸 보고 양심의 가책을 느껴서 돌아왔다고. 그런데 그게 진심일까? 양심의 가책은 핑계고 혼자 살 자신이 없어서 슬그머니 돌아온 건 아닐까.

이렇게 말하면 사람의 진정성을 의심한다고 공격할지도 모른다. 이럴 땐 진정성 없는 게 낫다. 제발 가출하지 마라. 집에서도 힘든데 나가면 더 힘들다. 내가 시도해 봐서 안다. 실수로 나갔더라도 적당한 핑계 만들어서 잽싸게 돌아오는 것만이 살길이다. 명숙아, 정말 잘했다.

이 아이는 한마디 더 하고 넘어가야 한다. 가출에서 돌아온 것을 축하해 주러 갔다가 내 입술을 도둑맞고 말았다. '잠깐 안아 봐도 돼?' 하고 묻길래 그러라고 했는데 왜 입술까지 훔치냔 말이다.

이렇게 나는 열다섯의 강을 건넜다. 여러 가지 일들이 있었고 많은 것을 배웠지만 그중에서 가장 중요한 것 한 가지. 다른 사람의 마음을 느껴 보라는 것이다. 내 마음을 왜 다른 사람이 알아 주지 않느냐고 불평할 땐 참 힘들었다. 반대로 다른 사람의 마음을 느껴 보려고 하니까 내 상태도 이해가 되고 받아들일 수 있는 게 많아졌다.

그러니까 힘들고 답답하거든 느껴 보려고 애를 써라. 통하고 싶지만 통하지 않는 사람의 마음을. 그러면 틀림없이 그 마음이 흘러들어 같이 통할 수 있는 길이 생길 테니. 이것이 열다섯 살을 좌충우돌하며 살아 넘긴 내가 주는 선물이다. 다른 사람의 마음을 느껴 봐.

책과 관계된 방송을 오래 했다. 방송에서 내가 한 일은 주로 좋은 책을 권하는 것이었다. 다양한 분야의 신간을 소개하면서 공부도 많이 했고 자극도 많이 받았다. 내 가슴을 뛰게 한 책 중에는 장편소설이 앞자리를 차지했다. 그 책들을 소개하는 횟수가 늘어나면서 내 안의 욕망 하나가 고개를 들기 시작했다. 그 욕망의 눈덩이를 굴려서 눈사람을 만든 것이 바로《15세》다.

장편소설을 쓰겠다고 마음먹은 뒤 많은 사람들에게 청소년 시절에 대해 물어보았다. 그들은 그 당시를 떠올려 보는 것만으로도 행복하다는 표정을 지었다. 그래서 다시 물었다. 그 시절 중 가장 돌아가고 싶은 지점이 어디냐고. 대부분 비슷한 대답을 해서 무척 놀랐다.

"할 수 있다면 열다섯 살 무렵으로 돌아가고 싶어."

그 이유를 물을 기회를 번번이 놓쳤다. 그들이 먼저 말했다. 다시 열다섯 살이 된다면 그렇게 보내지 않겠다고. 그때 왜 그랬는지 모르겠다고.

열다섯 살 무렵의 아이를 키우는 부모들은 자녀에 대한 질문을 불편해했다. 한숨을 쉬거나 찡그린 표정으로 고개를 가로저었다.

열다섯 살 아이들은 묻는 말도 잔소리처럼 들었다. 늘 나무라는 소리를 들어서 지적당하지 않으면 이상하다고 말하는 아이도 있었다. 어른들이 어떻게 해 줬으면 좋겠냐고 질문을 바꾸자 약속이나 한 듯이 이렇게 대답했다.

"우리를 건드리지 말고 가만히 내버려 뒀으면 좋겠어요."

이야기를 들으러 다니는 동안 한 소년이 내 가슴속으로 뚜벅뚜벅 걸어오고 있었다. 그는 열다섯 살의 강에서 떠내려가다가 겨우 되돌아와 많이 지쳐 있었다. 너무 힘들어 보였기 때문에 마주치지 않으려고 계속 피했다. 그럴수록 소년은 점점 더 가까이 다가왔고 나는 더 도망갈 수 없었다.

소설 속 소년이 온몸으로 겪어 낸 상황을 담아야 했기 때문에 이 책에 나오는 배경은 현재 이 시대의 대도시 환경과는 다르다. 지역에 따라 지금 사는 곳과 비슷할 수도 있고, 선배 세대나 삼촌 세대로 거슬러 올라갈 수도 있다. 하지만 열다섯 살 무렵에 좌충우돌하면서 감당이 안 되는 상황과 맞서는 것은 주변 여건과 큰 관련이 없기 때문에 굳이 바꾸지 않았다.

소설을 쓰는 동안 소년을 통해 알게 된 것은 두 가지다. 열다섯 살은 스스로도 주체할 수 없고 그 누구의 말도 귀에 들어오지 않을 뿐이지 그들에게 문제가 있는 것은 결코 아니라는 것. 또 처해진 여건이 아무리 막막하고 앞이 안 보이더라도 다른 사람의 마음을 느껴 보려고 할 때 희망이 있다는 것.

이 책을 읽는 청소년 독자들에게 이 두 가지가 제대로 전해지기를 바란다. 그리고 열다섯 살의 강을 건넜지만 아쉬움과 안타까움이 남아 있는 성인 독자들에게는 이 책이 다시 그 시절을 떠올려 보고 그때 미성숙했던 자신을 위로해 줄 수 있는 역할을 할 수 있으면 좋겠다.

이 소설을 읽고 화들짝 반가워하면서 출판사도 연결해 주고 추천사까지 써 준 이순원 작가에게 깊은 감사의 말을 전한다. 열다섯 살 무렵의 나이테를 스스럼없이 보여 준 사람들, 출간되기 전에 미리 읽고 조언을 아끼지 않았던 지인들에게도 머리 숙여 인사드린다.

2018년 겨울
권태현